EUGENE DE ROLLICE

confidences
de jeune fille

PREFACE DE

MARCEL PREVOST

ILLUSTRATIONS

DE

FAUST , ROBERTY

ALPHONSE LEMERRE
Passage Choiseul, 23-31, Paris

Confidences de Jeune Fille

OUVRAGES DU MÊME AUTEUR

SAINT-AMAND, CHER. — IMPRIMERIE BUSSIÈRE FRÈRES.

EUGÈNE DE ROLLICE

Confidences

de

Jeune Fille

Préface de

MARCEL PRÉVOST

Illustrations de J. FAUST et H. ROBERTY

DEUXIÈME ÉDITION

PARIS

ALPHONSE LEMERRE, ÉDITEUR

23-31, passage choiseul, 23-31

—

AU

MAITRE MARCEL PRÉVOST

*J'ai dédié ce livre en témoignage
de mon admiration.*

Eugène JOLICLERC de ROLLICE.

Mon cher confrère,

Vous avez été séduit, vous aussi, par le mystère tentant de cette âme de la jeune fille, que nos mœurs et nos institutions obligent, pour ainsi dire, à jouer dans la vie sentimentale le rôle d'un sphinx captivant et dangereux.

Vous avez voulu arracher au sphinx son énigme. Et, ce qu'il vous a dit, vous osez nous le dire à votre tour.

Personne ne lira votre livre sans curiosité et sans intérêt.

Il y a telles de ses pages qui sont la vérité même : la parole de la femme surprise et fixée comme par un appareil scientifique.

Et si vous avez enveloppé ailleurs cette

réalité presque excessive d'un voile roma-
nesque, c'est, sans doute, pour que ce livre
singulier ne risquât pas d'être pris pour un
livre à clé.

Je vous envoie, mon cher confrère, tous
mes compliments.

MARCEL PRÉVOST.

CONFIDENCES
DE JEUNE FILLE

Comme il est malheureux celui qui, sur la terre,
Pleure et se réjouit sans pouvoir partager
Avec un être aimé sa joie et sa misère !
Seul ! toujours seul partout, à quoi peut-il songer ?
Il croit être un instant heureux, il a peut-être
Un amour très profond pour les bois, pour la fleur,
Pour le petit oiseau..... Mais, s'il n'a pas un être
A qui donner son âme, à qui donner son cœur,
A qui, dans un moment de transport, de tendresse,
Il puisse en murmurant dire des mots d'amour,
S'il n'a des souvenirs pleins de charme et d'ivresse,
Si de quelque être aimé, n'attendant le retour,
Il n'a pas tressailli sous le regard d'un ange,
Et s'il part, au moment des suprêmes adieux
Sans avoir ressenti quelque chose d'étrange
Dans le fond de son cœur..... Il n'était pas heureux.

1

..... Qu'est-ce donc le bonheur ? Qu'est-ce donc que la vie ?
..... — Hélas ! pauvres mortels, la vie n'est qu'un jour !
Mais pour que de bonheur la vie soit remplie,
Aimez...... car le bonheur ici-bas, c'est l'amour !...

. . . .

Vivre ainsi seule... ne donner à ses actions aucun but, se laisser aller à la monotonie banale d'une vie sans attraits quoique mouvementée..... être moi... et... avoir vingt ans !..... Non, j'ai parfois de ces révoltes de tout mon être..... A défaut du cœur, je voudrais avoir l'esprit occupé par une distraction toute morale... une correspondance par exemple entre un inconnu et moi... Il me sourirait de mettre ainsi dans le terre à terre de mon existence une teinte d'originalité, un soupçon même d'idéal peut-être...

26 octobre

Tiens... hier je pensais à... et aujourd'hui je viens de lire une annonce d'un genre particulier:

« Jeune hom. b. cherche amie désint. X. V. post. rest. »

Un jeune homme bien qui cherche une amie désintéressée... bien... ou brun... non... bien... Mais bien sous quel rapport?... Ayant une bonne éducation... un fils de famille ou un joli garçon? Qui sait? Peut-être les deux à la fois...

Si je lui écrivais... à ce jeune homme!... Et puis... que lui dirais-je? Non, je suis folle. Cela m'amusera un moment. Que vais-je lui écrire? Tiens... si je ne mettais que des initiales..... c'est une idée..... M. M. E.

Cela veut dire aime aimer M. M. E...... Pourquoi veut-il une amie désintéressée?... D'ailleurs je le saurai bien, envoyons-lui d'abord ces initiales et attendons.

Ce matin, plus que de coutume, je trottinais le long des quais, indifférente au va et vient de la cité, aux attirances du marché, aux séductions des fleurs fraîches cueillies ;

allongeant pourtant la route, un peu par semi-
timidité à l'idée de braver le regard du postier, un peu par ce raffinement de délicate
faisant différer la réalisation d'un plaisir
promis, un peu par cet amour-propre féminin
cherchant à se persuader qu'on ne désire que
faiblement ce dont on grille néanmoins d'envie.
Enfin, j'entre à l'hôtel des postes avec cinq ou
six pulsations de plus..... « Pardon, Monsieur,
n'auriez-vous pas ? » — L'employé, gogue-
nard, cherche, recherche..... — « Non, Ma-
demoiselle, rien ! » Et je suis repartie avec un
léger froncement de sourcils, vite rassérénée,
sans doute en songeant : « Ce sera pour ce
soir. »

28 octobre

Cette fois je détiens quelque chose de pal-
pable me garantissant que l'auteur de l'annonce est mieux qu'un mythe. — Il m'a écrit.
Il me dit que, s'il s'est adressé à un journal

pour trouver une amie, c'est simplement parce qu'il lui semble qu'en arrêtant, sans la connaître, une femme, dans la rue, c'est la mépriser.

Or, il sent que pour aimer une femme il faut l'estimer, et c'est pour cela qu'il faut qu'elle soit désintéressée, dit-il.

Il ajoute qu'il a agi ainsi parce qu'il pense que le hasard fait les choses beaucoup mieux que nous... C'est probablement un fataliste...

Brr !... Qu'il a donc l'air vif et alerte !... Eh ! mon Dieu ! qu'il est donc jeune aussi.

Il est brun, grand, il vient d'avoir vingt-quatre ans. C'est bizarre, tout de même, d'écrire à quelqu'un sans le connaître... Enfin...

MONSIEUR,

Vous avez, en une première missive, donné des renseignements sur votre compte

et sur vos idées dans un style un peu « fin de
siècle » il est vrai, mais vous avez pour
excuse les surprises qui peuvent résulter de
la poste restante et de l'anonyme, et, après
un peu d'hésitation, je l'avoue, je réponds,
nos idées étant en effet, sur un point, exactement identiques.

De votre présentation, j'ai conclu ceci :
Mon correspondant est instruit et point banal,
ce sont les deux points sur lesquels je voulais être fixée en envoyant simplement les initiales M. M. E.

De là, à supposer en vous un jeune homme
bien élevé, connaissant la politesse et la galanterie française, il n'y a qu'un pas et je n'ai
pas le moindre doute à ce sujet.

C'est donc à l'homme plein de discrète
courtoisie que je réponds ceci : Votre correspondante est... une jeune fille... point sotte,
instruite, aimant tout ce qui sort de l'ordinaire, par cela même, un peu originale dans

ses idées et sentiments, et, ayant répondu à votre annonce, parce qu'elle a supposé une bribe de mystérieux, une pointe d'insaisissable et d'étrange en une correspondance originalement liée et a décidé de se jeter ainsi dans l'inconnu, dans l'inconnu de bon ton, qui autorise, pourtant, grâce à l'anonymat, plus de familiarité et d'aisance d'allure.

Cela vous conviendra-t-il d'échanger ainsi nos pensées?

Pour une première fois je n'écris pas plus longuement. Je saurai si mon programme vous a plu, par votre réponse que j'irai prendre lundi ou mardi.

En attendant, je signe encore

M. M. E.

poste restante,

Nice.

1er novembre.

Une deuxième lettre. Il voudrait bien savoir qui je suis. Il me dit de suivre le conseil de Ronsard :

« Cueillez dès à présent les roses de la vie. »

S'il se doutait que je m'appelle Rose !...

Si je m'arrêtais là... Cependant ses lettres sont intéressantes. Continuons. Peut-être que je l'aimerai un jour ! Ce sera mon premier amour.

Monsieur,

Il est une chose qui vous préoccupe beaucoup. Je soupçonne votre esprit à la torture pour tâcher de me deviner au point de vue physique et moral; autant d'énigmes qui demeurent pour vous un point fixe.

Qui sait ! Votre imagination a craint peut-être et croit voir encore en votre correspondante quelque vieille douairière (vous savez...

de ces harpies invraisemblables, plâtrées, stuquées, chromolithographiées, dont on aperçoit les profils désastreux autour du tapis vert de Monte-Carlo) ou mieux, peut-être, quelque cuisinière en rupture de casserole, ou concierge hantée par les mystérieuses aventures des héros de feuilleton.

Non, que votre esprit se rassure, et, puisque vous y tenez tant, je vous envoie, non ma photographie (je ne l'ai pas, et l'aurais-je, ce n'est pas aux dames, que je sache, à commencer) ; si je vous la faisais parvenir, ce ne serait, croyez-bien, qu'en réponse à la vôtre mais mon portrait en quelques lignes :

« Française, vingt ans, taille un peu au-dessus de la moyenne, brune, mince, élégante, ni belle ni même jolie, mais charmante et distinguée. » Je suis chez mes parents. J'ai voyagé et voyage assez souvent, mais seulement sur le littoral, de Vintimille à Valence. J'ai habité Marseille, pendant quelques mois

1*

de vacances, en une villa du plateau d'En-
doume, dominant la mer en un panorama superbe — ce renseignement seulement parce
que vous y êtes actuellement.

Vous craigniez, dans votre première lettre,
que je ne fisse à votre sujet la réflexion sui-
vante: « Comment! jeune, joli garçon... et
demander une amie au hasard?... » Non, je
n'y ai pas songé une minute, vous jugeant
d'après moi-même. Comme vous dites, on
peut trouver des femmes à tout venant, mais
une vraie amie, dans la sainte acception du
mot, c'est fort rare.

A mon avis, l'amitié doit être désintéressée,
ce sentiment ayant essentiellement pour base
la franchise, une confiance illimitée et réci-
proque, — être, en un mot, un mélange
exquis de tendresse, de respect et d'estime.
On doit se faire part mutuellement des joies
comme des douleurs, tout sentiment de l'un
faisant écho en l'âme de l'autre. A deux la

joie est plus intense ou la charge moins lourde. Et même, ou mieux surtout dans les ennuis on est heureux parce qu'on sait qu'il existe quelque part un cœur qui bat à l'unisson du vôtre et sur lequel on peut compter.

Maintenant, croyez-vous que les lois, les préjugés sociaux permettent à une jeune fille honnête, ne vivant pourtant pas en sauvage, c'est-à-dire ayant assez de relations par ses parents, d'exposer ainsi ses idées ou même de les laisser soupçonner ? En plein xixᵉ siècle ce serait passer pour pédante ou bas-bleu.

Puis, il est des natures d'apparence froide et indifférente, mais seulement très observatrices et concentrées, qu'il faut deviner, et pour cela être doué d'une acuité d'intuition peu commune. Je suis de celles-là : voilà pourquoi j'offre la préférence et la primeur de mon amitié à un inconnu éloigné. Nous apprendrons à nous connaître, moralement surtout, et j'apprécie davantage les beautés de l'âme. Je pense comme J.J. Rousseau, dans son traité sur « le Bonheur » lorsqu'il écrit: « Si tu veux vivre heureux et sage, n'attache ton cœur qu'à la beauté qui ne périt point. »

Dans notre correspondance, je laisserai ma plume être l'exacte interprète de ma pensée, vous adressant des pages qui auraient continué jusqu'à ce jour celle que j'intitulais :

« Journal intime d'une Rose ».

En sera-t-il de même des vôtres ?

Au revoir, Monsieur, j'ajoute ami ; si c'est oui, je vous tends la main.

Bien sincèrement,

M.M.E.

Je ne suis pas capable, comme Œdipe, de deviner même un nom. Je vous ai dit le mien , quel est le vôtre ?

7 novembre.

Il est intéressant, ce jeune homme... il est même bien curieux... de lui, il ne dit pas grand'chose, il interroge toujours.

Je ne sais trop pourquoi, mais j'éprouve un certain plaisir à lui écrire; c'est pour moi un moyen de me distraire...je cause si peu à la maison; mon ami inconnu me procure un agréable délassement, mais je ne me le représente pas très bien... je voudrais le connaître; quant à lui, il n'a, dit-il, pas de plus grand désir que de me voir.

Il me demande une mèche de mes cheveux. Faut-il la lui donner? Mon Dieu! il ne sait pas mon nom, cela ne me compromettra guère, à moins que... cependant...; par la suite j'apprendrai si je me suis trompée. Envoyons-lui. Faut-il mettre Monsieur?... non... rien... aujourd'hui.

Vous avez raison, il est fort rare qu'on ait

vécu à vingt ans. Mais il y a vivre et vivre. Vivre au point de vue physique c'est goûter à tous les plaisirs du corps et des sens, avoir vécu au point de vue moral, c'est avoir le cœur, le jugement, l'esprit formés par l'expérience et la volonté. Pour moi, je puis dire sincèrement que mon jugement et mon esprit se sont formés, d'abord par l'instruction et l'éducation, ensuite par les changements,... la brusquerie sans transition aucune de la richesse au travail.

Entrant dans la vie, riche, instruite, considérée, l'expérience m'a montré que la considération était accordée selon la fortune et que le monde, fort rarement sincère dans ses démonstrations, était, le plus souvent, méchant et envieux. Voilà seulement à quel point de vue j'ai vécu.

J'ai fermé alors mon cœur, concentrant en moi toutes les illusions et aspirations de ma jeunesse, pour ne laisser à mes actes et sentiments qu'un seul guide : la volonté.

Je n'ai jamais aimé: donc, selon vous, je n'ai pas vécu.

Pour moi, l'amour doit être la fusion de deux âmes véritablement éprises, l'union de deux êtres qui s'embrasent et s'étreignent ensemble, de deux corps qui s'identifient dans un même rêve et un même désir. J'ai été aimée sincèrement, honnêtement, demandée en mariage : j'ai toujours refusé, je n'aimais pas. De même qu'Alphonse Karr, je considère le mariage sans amour comme une prostitution.

Je n'ai jamais aimé et il me semble que je ne pourrais pas être à un homme si je ne l'aimais pas. Je ne suis pas non plus de celles qui peuvent aimer plusieurs hommes en leur vie, en un mot pas de mon siècle.

Contrairement à vous, je ne m'attache pas facilement. A part mes parents, surtout ma mère et ma sœur, il n'est personne que j'aime.

Je n'ai ni ami, ni amie. La vie m'a montré le monde sous un aspect si peu favorable, que je préfère garder mon scepticisme à la surface, et mes illusions tout au fond de mon être.

J'agis toujours selon ma conscience, mon désir, m'occupant fort peu du « qu'en dira-t-on » et ne rendant compte à personne de mes pensées ou de mes actes. Comme vous, je pense et je sens que celui que j'aimerai, si jamais mon âme trouve la sœur de la sienne, comme on dit en langage poétique, je l'aimerai de touts les forces de mon être, plus ardemment, plus passionnément encore, parce que je n'ai jamais aimé et que tout en moi est concentré.

Mais, en échange, si je donne ma vie entière, j'en veux une autre. Je donnerai tout ce qu'il y a de délicats sentiments en moi, d'exquis et d'inconnu pour tous, et où seulement l'homme que j'aimerai lira comme en un autre lui-même.

Je dois dire qu'ayant un caractère entier, je suis un peu comme les Corses: très froide, très indifférente, ou, si mon cœur se met jamais à battre, fort probablement brûlante et passionnée... je n'oublie jamais.

Pas créée pour les amours folles et faciles, élevée dans des principes honnêtes, si j'ai parfois des idées originales, les personnes libres d'actions et de paroles me font horreur. Trouverai-je jamais l'idéal de mon rêve? L'avenir seul me le dira.

Vous voyez que je vous fais faire ample connaissance avec mon « moi » moral et physique. « Un peu extraordinaire, cette jeune personne, » dites-vous. Mettons que oui et... passons.

D'abord, puisque je vous ai offert mon amitié, qu'est donc, au juste, mon ami Georges? En fait d'idée, de littérature, est-ce un politique, un moraliste, un poète? Quels sujets traitent enfin ses livres? Vous

êtes à Marseille pour étudier le caractère
méridional... j'avais, autrefois, la manie d'observer tous les types originaux qui se trou-
vaient sur mon passage, d'en noter les traits
saillants ; je vous avoue m'être souvent
amusée ainsi fort agréablement à leurs dépens.

Vous me dites d'aller vous voir à Marseille !
Sachez d'abord que je ne suis pas femme à
faire le moindre pas pour un homme ; mais
si jamais Georges et Rose sympathisent par
une sincère et franche amitié, il se peut que
Rosette aille dire bonjour à son ami.

Connaissez-vous Nice, Monte-Carlo, Menton,
Vintimille ? Et avez-vous jamais assisté au
Carnaval de la belle cité que j'habite (car je
ne suis pas Niçoise) si non, vous trouveriez-
là, sûrement, des impressions à noter et pas
des moins originales, je vous assure.

Ah ! que Nice est beau l'hiver, et que son
ciel et son soleil sont doux et chauds avec

pour horizon la mer plus bleue que les plus doux rêves et le rythme cadencé des vagues.

Aimez-vous la musique ? Infortunés les gens qui ne la sentent pas ! Je me souviens d'un article — de Mirbeau, je crois — sur la névrose musicale du siècle. Pour l'auteur, il s'en fallait de peu que tous ceux qu'impressionne vigoureusement tel ou tel assemblage de notes ne fussent des détraqués... Mettons que j'en suis une, n'empêche que je ne puis, sans sentir passer un frisson, une sorte d'horripilation physique (douloureuse ou plaisante, c'est ce que je déciderais difficilement) entendre certaines pages ou certains fragments... je cite au hasard : le trio final de *Faust*, les seize mesures de *l'Africaine*, la reprise en « tutti » de la marche de *Lohengrin*, où l'accompagnement — pourtant point trop compliqué — produit un effet prodigieux, incomparable, laissant l'auditeur bouche bée, en suspens, stupéfait, ému, comme si autour de

lui montait soudain une marée d'âmes palpi-
pantes.

Pour finir, une mèche de mes cheveux,
comme vous me demandez (c'est du matériel!)
et très sincèrement la main tendue vers vous.

ROSE.

14 novembre.

Il ne me dit toujours rien de lui, non pas
qu'il craigne de passer pour égoïste, mais
sans doute parce qu'il n'a pas encore en moi
une entière confiance.

Cependant je me sens attirée vers lui peu
à peu et j'ai envie de lui laisser voir un petit
coin de mon cœur. Je ne pensais pas que
l'on pût s'attacher à quelqu'un sans le connaître... il paraît que si... Est-ce que je l'aimerais?... Non... si j'interroge mon cœur...
je ne crois pas l'aimer... pourtant!... cela
commence peut-être ainsi. Cette fois je vais

lui mettre Georges et lui demander sa photographie.

GEORGES,

Voyez comme insensiblement l'intimité
paraît en nous. A mon avis, cela provient
surtout de l'anonyme que nous gardons et
de l'attirance mutuelle exercée forcément par
notre jeunesse.

Eh bien ! puisque amis nous sommes, vous
trouverez naturelle la pensée qui, allant auprès
de vous ce soir pour quelques heures, vous
associait à ma rêverie.

J'étais, ce matin, au bord de notre plage,
en une de ces criques adorables qui la fes-
tonnent. Les grands palmiers étaient absolument immobiles, la mer, à peine ridée,
violette dans les ombres, d'une obscure moire
bleue, au fond où la brune la mêlait au ciel,
avait, sur les bords, de glauques transparences

d'aquarium... Rien dans le décor, si ce n'est
un martin-pêcheur traversant la baie, au ras
de l'eau, et loin, très loin, une fumée de
navire évoluant. Je pensais, tenez, précisé-
ment à cette même mer que vous contempliez
peut-être au même moment, puis, me trans-
portant à Marseille, par la pensée, il me
sembla entendre une voix me dire : « Bonjour,
amie Rosette. Convenez que vous ne m'attendiez point ?... Voulez-vous accepter mon bras?
Nous finirons la promenade à deux ; il y a si
longtemps que nous n'avons causé. »

Et Rosette prenant amicalement le bras de
Georges, moins surprise que l'on aurait cru,
lui fit part de tout ce qui suit :

Primo, je vous ferai observer que des deux
je suis encore la seule à causer avec tant de
confiance. Vous savez que je suis chez mes
parents, que j'ai une sœur, etc., et vous ne
m'avez fait faire connaissance d'aucun membre
de votre famille. Je ne veux cependant pas

supposer que vous êtes orphelin, ce serait trop triste pour vous.

Oui, vous avez bien compris, je n'ai pas de fortune, j'ai été cependant élevée comme la jeune fille française riche que je devais être. M'instruisant surtout par goût, j'ai dû cesser, à dix-huit ans, mon amour-propre ne pouvant que souffrir en voyant mes parents se remettre au travail pour me procurer les moyens de continuer.

Notre fortune ayant été en partie perdue par des spéculations malheureuses, mes parents ont travaillé, moi, j'ai fait comme eux.

Il m'a fallu laisser là, à mon grand regret, mes chers livres, mes crayons, et surtout mon violon ; c'est lui surtout que je regrette le plus. Car, il faut vous le dire, je jouais du violon. Je trouve que c'est l'instrument qui rend avec le plus de pénétration et d'intensité les sentiments de notre âme. Il fait vibrer jusqu'aux cordes les plus intimes de notre être ; voilà pourquoi j'avais préféré le violon au piano, instrument de prédilection des jeunes filles.

Il est regrettable que la nature ne m'ait pas douée d'une belle voix, je sens la musique, je sais l'enseigner, mais je ne puis la traduire. Il me faut généralement transposer en clé d'ut ayant une voix de contralto, voix qui pourrait être assez belle si elle était travaillée, surtout très chaude et vibrante, mais gardant un son monotone si on ne chante pas souvent et long-temps, car elle ne prend aucune étendue.

Et, je vous l'ai dit, mes occupations ne me permettent plus d'employer mon temps à autre chose qu'au travail.

Alors vous ne connaissez pas notre belle côte méditerranéenne ? J'aime depuis le golfe Juan... Si vous saviez comme il y a ici, en hiver surtout, une végétation superbe, des re-coins d'un charme si pénétrant.

Mon plaisir est d'aller, accompagnée des miens, rêver des journées délicieuses sous les

branches épaisses
des orangers lui-
sants, au milieu
des pâles pendai-
sons des oliviers centenaires, alors qu'on a

toujours, pour horizon, la mer tantôt turquoise, tantôt aigue marine, tantôt émeraude et son murmure continu sur la grève comme celui d'un baiser éternel. Oh ! les beaux levers de soleil orange incendiant toute notre côte !... Oh ! les midis limpides et les couchants roses !

Si l'on pouvait demander aux gorges sauvages de l'Esterel, aux jardins suaves de Monte-Carlo, aux rouges porphyres du cap Roux, ou aux ruelles italiennes de la ville frontière, si on pouvait leur demander si les choses gardent le souvenir des impressions enthousiastes de cette époque où, en notre âme, il n'y a place encore que pour la joie de vivre, l'admiration de tout et l'enivrement de la jeunesse ?... Qui sait ? Peut-être répondraient-ils que beaucoup ont passé comme moi, en qui les exigences, les froides réalités de la vie ont forcément plus tard annihilé tout rêve, toute poésie, pour ne laisser au cœur que désillusion et amertume.

A propos de Monte-Carlo, c'est demain la fête du prince. Il est probable que j'irai passer, sinon la journée du moins la soirée à Monaco. On vient de loin pour cette fête. Et je vous assure que c'est superbe, surtout le soir, ou plutôt la nuit, de voir la principauté qui comprend les trois villes n'en formant qu'une, de Monaco, la Condamine et Monte-Carlo, avec ses blanches villas sur lesquelles flottent des milliers de drapeaux, ses lanternes vénitiennes piquées dans les orangers, et ses illuminations multicolores sur les façades et dans les jardins.

Plus haut, sur le rocher, dominant la mer, le Château des Princes profile son ombre imposante sur la Méditerranée, contenant, aussi loin que la vue peut s'étendre, des barques illuminées et pavoisées.

De l'autre côté, en face, Monte-Carlo avec son Palais, ses salles de jeu où l'or ruisselle et se remue à râteaux, ses peintures de maîtres célèbres, puis ses longues allées, ses jardins

2*

innombrables et sa musique digne de celle des dieux.

Si vous étiez ici, vous verriez que je ne renchéris nullement et que c'est bien ainsi que peut se noter l'impression qui sera celle de demain.

Aucun asile ne m'est aussi cher que celui mystérieux et fleuri de ce promontoire de Monaco. Là, ma rêverie se plaît à s'isoler. Féerique, on peut bien le dire, tout ce lopin de principauté, qu'on le contemple au clair soleil ou qu'on l'admire aux rayons de la lune, qu'on s'y écarte des groupes de promeneurs, ou, qu'en une saint Albert, on s'y mêle à l'énorme cohue pour assister à la fête nocturne, avec illuminations et le reflet dans l'eau des gerbes de fusées qu'on jurerait une pluie d'astres errants venant s'abîmer dans les vaguelettes... Comment, cette immensité bleue et ce décor prestigieux dans mes prunelles, réussir à avoir l'âme morose, assombrie ? Quel contre-sens !... Qu'ai-je

fait de mes vingt printemps? Quel phalène
aux ailes de velours noir, grisé par les sua-

vités des corolles embaumées, est venu dans
l'obscurité, follement, froisser mon esprit?...
Des souvenirs!... Et des larmes... de véri-

tables !... Les roses et les bergeronnettes pleuraient aussi ce jour-là à Monaco.

Alors je vous attends pour le Carnaval de Nice. J'irai peut-être jusqu'à Marseille vous dire bonjour. Tenez, je vous promets ma photographie au reçu de la vôtre.

Mais savez-vous qu'il est tard... onze heures !... Je n'ai pour bavarder avec vous que le temps que je prends sur mon sommeil ; aussi, comme il faut, demain matin, m'occuper doublement pour disposer de mon après-midi, je termine en vous souhaitant une bonne nuit.

Votre amie,

ROSETTE.

22 novembre

Il est probable qu'il m'enverra sa photographie, néanmoins je veux encore lui en parler. Je n'ai pas beaucoup de temps à moi. Ecrivons lui vite.

Georges,

Alors vous m'attendez ce mois-ci? Je ne sais au juste l'époque à laquelle j'irai vous dire bonjour. Et si, arrivant à Marseille, nous allions ne pas nous plaire, si vous vous étiez fait de moi une toute autre idée de ce que je suis... et... vice versa.

Voyez, maintenant que nous nous connaissons à peu près moralement, le désir de faire connaissance complète nous prend l'un et l'autre, ou plutôt, mieux vous que moi. Je comprends très bien cela, et cependant, vous conviendrez avec moi que, pour une fois, les rôles sont intervertis.

Généralement ce sont les femmes qui, héritant directement de la curiosité de notre mère Eve, feraient, en pareille circonstance, tout ce qui serait en leur pouvoir pour chercher à connaître leur correspondant... tandis qu'entre

Georges et Rose, c'est... tout le contraire. Que dois-je conclure de cela ?...

Allons, Georges, si vous voulez connaître votre amie Rosette avant son arrivée, envoyez-lui votre photographie. Elle vous a fait la promesse de ne vous envoyer la sienne qu'au reçu de la vôtre et elle n'a qu'une parole.

Hé quoi ! Vous pensez à Rosette à en rêver la nuit ? Est-ce réellement vrai ou simplement par pure galanterie que vous écrivez cela ? Comment était la Rosette de votre rêve, voyons si vous ne vous étiez pas trompé ?

Mais, savez-vous que vos sentiments vis-à-vis d'elle étaient par trop... vifs... déjà des baisers...!... Ecoutez ceci : Rosette garde ses yeux brillants et ses lèvres pour les baisers du seul homme qu'elle doit aimer en sa vie, c'est vous dire qu'elle ne les a jamais donnés et vous les envoie à vous comme à un ami intime, un frère.

Peut-elle aimer d'amour, ainsi, si vite, un homme qu'elle ne connaît pas ?

Vous êtes seul ! Comme le temps doit vous paraître long. Il fait si bon être auprès des siens. Une mère, c'est si bon, des sœurs qui vous cajolent, prévenant vos moindres désirs, ne laissent-elles pas au cœur un sentiment de tendresse infinie pour tout ce qui est femme, douceur, et n'éveillent-elles pas l'amour ?

Si j'étais homme, je me ferais de la femme, de la vraie femme alors, une idée que je ne puis définir. Je comprendrais si bien que sa vie n'est que celle du cœur, que son existence ne tient qu'aux sentiments, que j'en choisirais une et lui vouerais toute ma vie. Mais savez-vous qu'il est très difficile de se faire aimer d'une de ces femmes ? Les unes sont séduites facilement, tantôt par la hardiesse, d'autres, le plus souvent, par la douceur. Voyons... cherchez un peu... comment prendriez-vous votre correspondante si vous vouliez vous faire aimer d'elle ?

Puisque nous en sommes au brûlant chapitre de l'amour, avez-vous aimé quelquefois? Vous allez trouver peut-être Rosette bien curieuse. Mais, considérez que nous ne nous connaissons pas encore, et que je ne vous fais pareille question que pour savoir, à ce sujet, les impressions d'un jeune homme qui a peut-être vécu.

Car, mais j'y songe — votre recueil de nouvelles, vos livres, doivent être l'expression exacte de vos pensées... quand paraîtra votre dernier ouvrage? Je veux me le procurer.

Savez-vous qu'on connaît un homme, comme une femme d'ailleurs, à ses écrits. C'est là que l'âme se laisse parfois deviner ; qu'elle permet d'entrevoir ses aspirations.

Or, comme je suis non seulement très physionomiste, mais aussi douée de beaucoup de eprspicacité, je pourrai, avant de vous avoir parlé, vous faire un portrait très exact de Georges Ivan...

Tenez, si vous voulez, je vous donne toute latitude pour noter ce que vous pensez et penserez de Rose... Vous me l'enverrez, et franchement nous nous dirons lequel des deux est dans le vrai. Qui sait ! Peut-être le serons-nous tous deux ?

Alors vous aimez le violon et trouvez heureux le choix que j'ai fait en apprenant cet instrument. Si le hasard, puisque c'est lui qui nous a fait connaître, nous faisait aimer un jour, je vous dirais souvent, le soir, alors que l'amour fait naître la poésie en nos cœurs : « Ecoute, ami, viens là, tout près de moi, auprès de ta petite Rose qui t'aime et ne veut vivre que de ta vie, dis-lui de ces douces choses que ton cœur te dictera. » Et Rosette, bien câline, appuyant sa tête sur l'épaule de Georges, son regard fixé sur celui de son ami, écouterait ses paroles comme une musique céleste et douce, puis lui

3

répondrait ensuite en faisant rendre à son violon tous les sentiments de son cœur. Et
Georges, que dirait-il alors? Ne serait-il pas
heureux ? Comprendrait-il cette langue divine
de la musique et de l'amour ? .

J'étais dimanche chez des amis. Nous avons
fait de la musique pendant une grande partie
de la journée et avons passé des heures délicieuses. J'aime tant la musique. Je ne suis
arrivée que ce matin et c'est seulement ce soir
que j'ai pu aller prendre votre lettre. J'y réponds aussitôt : il est probable que je n'en
aurais pas eu le loisir demain.

A la minute où j'écris, les sommets de notre
chaîne de montagnes rosés par la tombée du
jours, ont les tons de chair d'une femme rou-
gissante... quelque chose comme ces lueurs
vivifiantes projetées avec des réflecteurs sur
les beaux marbres où les déesses ont pris corps...
mais... tout-à-l'heure, la rampe baissée, le
grand magicien disparu jusqu'à demain, tout

d'un coup cela va devenir gris, froid, glacial,
attristant. Dans le demi-jour précédent la nuit,
les arbres deffeuillés sembleront des mendiants
loqueteux secoués par la bise, les croupes do-
rées des monts ne seront plus que des échines
maigres et frissonnantes... jusqu'à l'instant
où la lune radieuse, versant à flots ses clartés
bleuâtres et suaves, ses vapeurs enchanteresses,
redonnera au décor de la poésie et des contours
plus doux...

Je ne vous écris pas plus longuement, étant
d'une nature très impressionnable, je suis de
celles qui restent singulièrement nerveuses
après avoir ouï ou fait de la musique pénétrante
faisant vibrer en nous des sensations inconnues.

J'écrirais comme une folle, laissant divaguer
mon esprit et mon cœur ; or, il est préférable
que Rose garde les folies qui éclosent dans
son cerveau de vingt ans, plutôt que de les com-
muniquer à un jeune homme de vingt-quatre.
C'est pourquoi je vous dis,

Au revoir et vous envoie simplement un baiser de sœur de

Votre petite amie,

ROSETTE.

26 novembre.

— La photographie qu'il m'envoie date déjà de plusieurs années, mais maintenant je puis me faire une idée de lui. C'est qu'il n'est point mal du tout !

Si je me mariais, j'aimerais bien un mari comme lui. Mais... non... les hommes ne nous aiment plus quand nous leur appartenons ; presque toutes mes anciennes amies sont malheureuses ; leur lune de miel a duré au plus six mois.

Si ce que je regarde n'était pas son image... si... Il faudra aller à Marseille. Je me rendrai compte de la vérité.

Georges,

Je commence d'abord par vous remercier de votre photographie. J'ai maintenant une idée de vous et Georges évoque en mon esprits les traits d'un jeune homme bien... je l'avoue. C'est surtout votre regard qui m'a plu ; je l'ai trouvé franc et loyal.

Aussi, pour ne pas être trop en retard avec vous, me suis-je rendue chez le photographe, et vous recevrez, aussitôt faite, l'image de Rosette.

Mais ne vous illusionnez pas, je ne suis pas une beauté, je vous le répète, pas même une jolie jeune fille, simplement charmante et distinguée.

Puisque vous m'attendez, avec un peu d'impatience, dites-vous, je vous promets d'aller jusqu'à Marseille dès que j'aurai votre photographie récente.

Si je vais vous dire bonjour il ne me sera pas

possible de rester une semaine comme vous
me le demandez, mais peut-être même une
journée, c'est-à-dire que j'arriverai le matin
pour repartir la nuit afin d'être rendue ici le
lendemain matin.

Je ne porterai pas mon violon, ce serait
trop embarrassant, mais beaucoup d'amitié
pour Georges qui avoue franchement tâcher
de se faire aimer en montrant qu'il n'a pas
mauvais cœur.

Il verra combien Rosette ressemble peu à
la généralité des femmes par ses allures et son
caractère. Puis, elle ne sait de l'amour que ce
que son cerveau de jeune fille et son cœur ont
fait éclore d'illusions, mais elle attend que ce
dernier ait parlé pour croire à la possibilité de
ses rêves.

Serez-vous encore longtemps à Marseille?
Et surtout y serez-vous dans une quinzaine de
jours. Je voudrais, au cas où il serait décidé
inopinément d'avancer le jour de mon départ,

avoir une adresse exacte pour pouvoir vous envoyer une dépêche.

Eh bien, Georges, est-il content de son amie Rosette qui ira passer deux longues nuits en chemin de fer, en pareille saison, simplement pour lui dire bonjour.

Mais vous viendrez à votre tour ici. Vous verrez comme c'est beau et bon d'être jeunes et de vivre sous un si beau ciel.

Savez-vous que j'ai hésité plusieurs fois à continuer cette correspondance : je craignais un syndicat discourtois de célibataires s'amusant aux dépens de jeunes ou vieilles imprudentes et cela me faisait réfléchir.

J'ai maintenant plus de confiance et d'abandon dans mes lettres, vous devez le voir.

Cependant une pensée me traverse l'esprit, je veux vous en faire part, car elle n'est pas fondée, et vous excuserez ce doute qui provient de l'anonyme encore. Est-ce que, par hasard, cette photographie envoyée ne serait

3*

pas celle d'un jeune homme quelconque, sortie pour la circonstance d'un album de collectionneur ?

Ne m'en veuillez pas, si c'est inexact. C'est une pensée qui, malgré moi, s'est présentée à mon esprit et ne voyez pas de mal à cela.

Alors vous n'êtes ni un viveur ni un noceur, comme vous dites. Vous avez, en ce sens, mal interprété ma phrase ; je voulais simplement vous demander si, en votre vie, vous n'aviez jamais trouvé telle ou telle femme à laquelle vous vous étiez plus attaché qu'à d'autres.

Je n'ignore pas que les lois sociales, les préjugés qui défendent à toute jeune fille ou femme honnête tout ce qui n'est pas vertu et honneur, permettent aux hommes, aux jeunes gens, une liberté complète d'actions et même de mœurs. Tout le monde est d'accord pour convenir qu'un homme doit vivre pour connaître la vie et être plus tard un homme sensé et plein de cœur. Pour moi, je m'abstiens de donner sur ce sujet une appréciation qui n'est pas de mon âge ; je voulais simplement dire qu'on pouvait rencontrer quelquefois des personnes avec lesquelles on sympathise et auxquelles on s'attache plus profondément. Cela doit éveiller au cœur plus de sentiments et dans tout l'être plus de sensibilité.

Vous n'avez *jamais* aimé réellement d'amour... En effet, aimer et être aimé doit être pour le cœur une félicité suprême. « Qui n'aime pas ne vit pas », a dit un poète. « Une vie sans amour est une fleur sauvage. »

Pour moi, il me semble toujours que je dois attendre celui que je dois aimer ; jusqu'à ce jour, rien, aucun trouble ne m'a fait comprendre que je l'avais rencontré. Personne n'était l'exacte expression de mon rêve.

Au revoir, Georges, recevez un baiser d'amitié sincère de

Votre petite amie,

Rosette.

9 décembre.

A mon tour je lui envoie ma photographie. Je vais lui annoncer que je serai bientôt à Marseille. Il va en être très content... et moi je suis déjà joyeuse. Mais, que vais-je lui dire la première fois que je le verrai?... L'aventure n'est point banale... Je me laisserai guider par les circonstances... je ne suis pas hardie...Dame! je suis comme toutes les jeunes filles. Et lui, que me dira-t-il? Vite, je lui écris.

GEORGES,

Que devez-vous penser d'un silence si prolongé? Rassurez-vous, je ne suis ni morte, ni malade, mais en parfaite santé. Vous m'avez dit désirer ma photographie avec une si grande impatience que j'ai attendu qu'elle fût prête pour vous l'envoyer.

Tenez, je suis en colère ; j'ai hésité à vous

envoyer une photographie qui, ressemblant
pourtant à Rosette, n'en a pas tout-à-fait le
jeu de physionomie. Je ne sais quelle pensée a
traversé mon esprit en cet instant, pour laisser
sur mon visage un air de souffrance qui ne
m'est cependant pas habituel : ce sont bien de
moi les traits, la coupe du visage, mais si je
suis presque toujours sérieuse, ne souriant pas
à tous les propos, je n'ai pourtant pas cet air
plus que mélancolique.

Et vous... quand recevrai-je votre photographie ?

Figurez-vous que, subitement, l'idée vient
de prier maman de m'accompagner à Marseille. Mais, comme j'ai pensé, je trouverai toujours un moyen de vous causer quelques heures en particulier : j'ai déjà combiné
comment vous devrez agir et je vous l'expli-
querai de vive voix.

Alors, croyez-vous qu'il me soit facilement
permis de vous reconnaître ? Il est vrai que

nous nous donnerons un endroit et une heure exacte pour nous rencontrer. Mais vous viendrez me rendre visite à Nice? n'est-ce pas?

Je veux bien prendre connaissance des manuscrits de mon ami Georges. Dépeint-il ou écrit-il très bien? Sait-il rendre exactement l'expression de ses pensées? Dans le temps (!) c'est-à-dire lorsque j'avais dix-sept à dix-huit ans, j'écrivais. Je n'ai rien voulu faire paraître.

Pourquoi donner à la publicité ce qui est le nous intime? Qu'a-t-on à faire du monde, le plus souvent indifférent?

Moi je ne veux être comprise et connue que de l'homme que j'aimerai et qui m'aimera. Je ne veux vivre que pour lui et par lui. Je ne veux pas être un bas-bleu, mais la confidente d'un homme de cœur qui me comprenne.

Pour un homme, ce n'est pas la même chose ; j'approuve qu'il lui soit permis de se frayer un chemin dans l'immortalité et dans n'importe quelle carrière.

Je suis obligée de vous quitter : répondez-moi cependant, j'irai mardi à la poste et qui sait ? Peut-être dans huit jours serai-je à Marseille auprès de vous...

Georges, je vous promets une longue, longue lettre, la prochaine fois.

Votre petite amie, ROSETTE, qui vous envoie un tout petit baiser.

12 décembre.

Il m'a répondu immédiatement. Nous avons hâte l'un et l'autre de nous voir. Il m'offre de me céder sa chambre si je vais seule à Marseille... est-ce que ?... D'après le tableau qu'il me fait de sa *garçonnière*, il doit être dans un joli appartement.

Seulement je voudrais bien aller là-bas sans être accompagnée... sans cela, nous

aurons bien de la peine à être ensemble.
Comment faire? Je voudrais lui causer inti-
mement, connaître ses pensées à mon égard.
Peut-être pourrai-je me tirer d'affaire et partir seule... Oh! tant mieux... je n'y avais pas
songé...

GEORGES,

Merci de votre prompte réponse : alors vous
attendiez impatiemment ma lettre ? Pour mon
arrivée à Marseille, je ne puis encore vous
fixer au juste l'heure et le jour.

Il est cependant à peu près probable que
nous partirons de Nice, samedi, par le train
de 10 heures 30 du soir pour arriver à
Marseille à 3 heures 23. Le dimanche matin,
j'enverrai un mot chez vous pour vous prévenir et vous indiquer un lieu de rendez-vous.
Comme vous avez ma photographie, vous me
reconnaîtrez facilement.

Comment allons-nous nous aborder l'un

l'autre? Je ne vous connais pas et il me
semble cependant que nous sommes de vieilles
connaissances, que l'amitié unit nos cœurs
depuis déjà longtemps. Je crois que, sincèrement et involontairement, je vais vous tendre
la main comme à un ami intime et de longue
date.

C'est qu'en bien réfléchissant, voilà une
liaison qui n'a rien de banal ; ébauchée à la
suite de quelques lignes écrites au hasard et
publiées, comprises et acceptées par une
jeune fille honnête et éloignée, puis un rappro-
chement de quelques jours pour se connaître...
qu'adviendra-t-il de tout cela ?

Convenez que votre imagination de poète
ou d'écrivain ne trouverait pas plus original
pour l'intrigue d'un roman à sensation.

Savez-vous que je vais mettre à profit tous
les renseignements que vous me donnez, et
tâcher de décider maman à descendre à l'hôtel
que vous m'indiquez. Vous avez raison, il nous

sera ainsi plus aisé de causer et cela plus longtemps.

Je vous remercie de votre offre, mais quand bien même je serais allée seule à Marseille, ou seulement sans maman, il ne me serait pas possible de l'accepter.

Vous devez être grandement et confortablement logé,... puis des arbres sous vos fenêtres... et la mer tout près.

Avec tous les détails que vous me donnez, je me fais une idée très juste, je crois de la *garçonnière* (pour dire comme vous) de mon ami.

Par la pensée, je me transporte auprès de vous, un de ces soirs prochains, alors qu'il fait bien froid au dehors et que, chez vous, on est si bien auprès d'un bon feu. Là, je prends place, bien près de vous, dans un de vos grands fauteuils, à côté de la cheminée (je suis si frileuse) et... nous causons pour mieux nous connaître. Puis, la causette ter-

minée, comme il doit déjà être tard, Georges
vient accompagner son amie Rosette jusqu'à
l'hôtel et lui dit au revoir, dans un baiser...
peut-être !... Voilà ce que je ferais si j'étais
seule.

Oh ! le méchant qui ne m'a pas envoyé sa
photographie... Que n'importe à moi les cheveux frisés ou non,... et, d'une façon ou
d'une autre, n'est-ce pas toujours Georges ?

Mais le proverbe dit : « Toute femme est
coquette, » vous voulez donc que j'ajoute :
Et Georges l'est tant ?

Enfin, puisque c'est à mon intention, je ne
puis cependant qu'avouer un tout petit senti-
timent de satisfaction intérieure et je vais vous
gronder bien doucement.

Au revoir, Georges, je vous envoie mes
yeux à baiser puisque vous les trouvez beaux
et vous serre bien amicalement la main.

ROSETTE.

13 décembre.

J'ai causé aujourd'hui de notre départ à maman : il est fixé à mercredi. Nous irons prendre nos repas où vous m'indiquez. J'aurai, avant de partir, le soin de vous prévenir par dépêche. Je vous aurai vu avant notre rencontre à l'hôtel.

J'irai dimanche à la poste.

> A bientôt,
> ROSETTE.

Menton, 14 décembre.

Vent et tempête ! sifflements aigus !... mugissements de la houle !... froissement des arbres ! La mer est dure, sinistre, méchante ; le ciel est gris, sans une déchirure où l'on puisse retrouver l'azur... Des bateaux de commerce, menacés par la persistance de l'ouragan, ont rallié le port, attendant une accalmie pour redéployer leurs ailes !... Et

j'imagine que Marseille et Nice ne doivent
guère être mieux traitées, que le jardin public
est en deuil et que, pour cette fois, les jeunes
misses n'éprouvent pas d'extase devant cette

baie courroucée, et n'ont aucun plaisir à dé-
guster, — si bonne soit-elle — de la musique
en plein air. Avec ces allures du temps vont
certains états d'âme (pour parler comme les
romanciers psychologues) qui, me semble-t-il,

s'accommoderaient seulement de l'audition de
la danse macabre ou de la marche funèbre
pour la mort d'un héros, quelque chose de
sombre ou d'exaspérant, qui poigne le cœur,
enténèbre l'esprit, égratigne les nerfs à fleur
de peau... Influence de la saison ?... Je ne
sais, mais j'ai broyé du noir tous ces jours-ci.

20 décembre.

Ma foi ! Le sort en est jeté, c'est décidé...
Je pars.

20 décembre.

Je le verrai ce soir. Le train va bien doucement. Envoyons lui une dépêche.

Serai 5 heures, hôtel''', demandez Rose'''.

24 décembre.

Moi... à lui... j'ai été à lui... Oh !... Et
c'était !... Non... ce n'est pas possible. Il m'a
fait beaucoup souffrir... toujours... toutes les

fois... excepté quand... Alors c'est ça... le mariage !...

Mais comment ai-je pu céder presque sans résistance ?... Il me suppliait si doucement et ses yeux étaient si beaux...

Il me voulait... mais il ne m'aimait pas... Pourtant...

C'est mal ce qu'il a fait... maintenant je ne suis plus une jeune fille. J'ai passé toute une nuit avec lui comme si j'eusse été sa vraie femme. Je me méprise ; je me fais horreur.

Il m'écrit de Paris : il sera ici bientôt ; il faut vite lui répondre..... Je ne sais plus comment l'appeler..... je l'ai tutoyé..... et je n'ose plus..... je ne mets rien...

Dimanche.

Maintenant que je suis seule, dans ma chambre bien close, je songe...

Oh ! Georges, si vous pouviez lire dans ma pensée !... Mais quoi ! c'est moi, moi... Rose... qui me suis laissée ainsi prendre par un homme qui ne me connaissait pas, qui me suis livrée corps et âme à un être qui, sûrement, ne voyait en moi qu'une femme pour

assouvir ses désirs !..... Georges, j'ai honte
de moi.

Vous ne m'aimez pas, vous ne pouvez
m'aimer, et il me semble que je suis maintenant au rang de ces femmes qui se donnent
par caprice ou qui se vendent.

Cependant, je vous jure que ce n'était pour
moi ni l'un ni l'autre cas. Je ne me suis
donnée à vous, ni par désir, ni par intérêt.

Des désirs, je n'en ai jamais ressenti, mon
cœur n'a jamais aimé et, par conséquent, pu
battre de cette émotion intense et délicieuse
que je devine, et qui doit prendre tout notre
être à l'approche ou l'attouchement de l'objet
aimé.

Vous, Georges, je ne vous connaissais pas
assez pour vous aimer. Vos baisers m'ont
d'abord laissée froide, je sentais qu'ils n'étaient
l'expression d'aucun sentiment intime et sincère, qu'ils m'étaient adressés simplement
parce que j'étais une femme et vous un

4

homme... et j'en avais le cœur glacé. Vos
caresses n'avaient en moi aucun écho.

J'aurais voulu et je voudrais sentir frémir
votre être au contact du mien,.... à l'attouchement de vos lèvres, éprouver un éblouis-
sement, une sensation inconnue, comme une
fusion de bonheur parcourir mes veines avec
mon sang. Et je n'éprouvais rien... rien
qu'une souffrance crue et aiguë, physique et
beaucoup aussi morale. Georges, tenez, voulez-vous que je vous dise cependant...

Eh bien ! sincèrement, vous me plaisez.
J'aime votre regard qui paraît être franc,
votre sourire, votre voix qui savent si doucement et si amoureusement supplier, mais,
de tout Georges, ce que je voudrais posséder,
c'est le cœur.

Je voudrais être surtout son amie, non
amie, comme on le dit vulgairement, mais
amie dans tout le sens — et surtout moral —
du mot. Je voudrais avoir son cœur comme

je lui donnerais le mien, c'est-à-dire sans ré-
serves..... qu'il me fît part de toutes ses
idées, de toutes ses impressions, le conseiller,
lui causer comme à un autre moi-même.....
puis....... de temps en temps lui... montrer
que je suis... sa petite Rosette à lui seul...
rien qu'à lui, et une petite Rosette qui
l'aime de toute son âme. Voilà ce que j'aurais voulu et ce que je voudrais... tandis que...

Oh! Georges, comment m'avez-vous jugée
après mon départ? sûrement pas aussi sévè-
rement que moi.

Pour le moment, j'ai le corps, le cœur, la
tête si endoloris, si lourds que je ne puis me
reconnaître en tout ce chaos, et que j'éprouve
avec une extrême lassitude comme une envie
de pleurer irrésistible, me secouant les nerfs
pour me laisser brisée, anéantie.

.   .   .   .

Lundi

Je reçois votre lettre. Alors vous serez ici samedi ? j'irai vendredi chercher à la poste une longue lettre de vous et l'heure exacte de votre arrivée. Vous descendez à l'hôtel***.

Je tâcherai de pouvoir disposer de la journée pour la passer avec vous.

Vous donnerez des ordres pour qu'on m'introduise auprès de vous à mon arrivée et nous déciderons de la manière dont nous emploierons notre journée.

Georges, avez-vous un peu pensé à votre petite Rosette ? Pour moi, chaque soir, en me déshabillant, mes yeux se reportent, malgré moi, sur ce signe que vous m'avez fait de vos lèvres, et..... je pense à vous et..... à bien d'autres choses encore.....

Dis, Georges, puisque c'est toi qui m'as appris..... pourquoi baise-t-on ainsi les lèvres ? Est-ce pour échanger son âme ? Je voudrais, moi, te sentir me donner la tienne dans un long, long baiser, et me mourir d'amour sur ton cœur après.

Georges, dites-moi de douces choses pour m'empêcher de penser trop longuement, si vous saviez ce dont mon cœur est plein !

Je vous dis au revoir, à bientôt, et vous envoie un baiser bien doux sur vos lèvres.

Votre petite Rosette.

Mardi soir.

Avant de me séparer de ma lettre, j'envoie un gros baiser à mon Georges.

Rosette.

1er janvier 1894,

. Depuis avant-hier il est parti. Il y a des moments où je l'aime beaucoup —... et d'autres où je songe à cette nuit... où il m'a prise... je me suis donnée, c'est vrai, mais...

4*

Avant-hier encore, j'ai été à lui trois fois...
et je souffre toujours... moins cependant.
Les meilleurs moments que j'ai passés avec lui
ont été pendant notre promenade, sur le quai
des Anglais, à son bras, frileusement pressée
contre lui... il me causait... j'aime sa voix.

Et puis, comme il faisait froid, que le jour
tombait, nous n'avons vu presque personne.
Cette solitude amoureuse au bord de la mer
a un charme que je ne saurais définir.

Comme des enfants, nous allions bien près
des vagues, et... l'on se sauvait, moi, avec
de petits cris qui le faisaient rire.

Il a ramassé des coquillages, un très joli,
nacré, veiné ; il m'a dit que ce serait un souvenir du pays où nous nous sommes aimés.

Le soir, au retour, nous avons contemplé
un beau spectacle : bien souvent nous avons
regardé le ciel parsemé d'immenses traînées
d'étoiles qui faisaient comme de grands sentiers lumineux sur un sombre tapis d'azur.

Et, sous la lumière pâle de la lune, quand
l'écume blanche des vagues argentées rayait

les flots noirs plissés par la brise invisible,
j'ai chanté..... C'est alors que j'ai senti en
lui une âme de poète.... je voudrais qu'il fût

toujours ainsi... Il m'a embrassée et j'ai été
heureuse de son baiser.

Lundi, 1er janvier 1894.

Hé quoi ! seulement deux jours d'écoulés
depuis votre départ. Il me semble que vous
n'êtes jamais venu. Cette journée m'a paru si
courte. Et à vous ?

En me promenant aujourd'hui sur le cours
des Anglais, au bord de la mer, je pensais
à ce même trajet que nous avions fait ensemble, mais en constatant qu'il me parais-
sait d'une longueur interminable, tandis que
l'autre soir... nous aurions fait une promenade n'ayant jamais de fin. Mais il faisait
froid et surtout comme le temps passait !
Enfin, à une prochaine fois.

Georges, avez-vous un peu pensé à votre
petite Rosette. Vous savez, moi j'ai pensé
beaucoup à vous, et si vous saviez que de
choses !... Mais contrairement à votre désir je

ne vous les dis pas. Il m'a paru que, moralement, nous n'avions pas assez de similitude
d'idées et de caractère... vous ne me com-
prendriez pas encore.

La femme est un être ou très banal ou très
compliqué. Elle a parfois dans ses sentiments de ces susceptibilités incompréhensi-
bles,éveillant en elle un monde de sensations
qu'il faut savoir prévenir mais non écouter.

Je vous laisse avec cette énigme: « Com-
prenez-moi d'abord, montrez-moi que vous me
comprenez et je vous laisserai me connaître. »

Quant à vous, peut-être, s'il vous prenait
fantaisie de me demander l'analyse exacte de
votre caractère, il est probable que vous con-
viendriez de la justesse de mes observations.

Je ne veux finir aujourd'hui que par où
j'aurais dû commencer, c'est-à-dire par
souhaiter une bonne et heureuse année à mon
Georges, une bonne santé et la réussite complète de tous ses livres.

Et maintenant je lui fais un doux et brûlant baiser sur ses lèvres ; je vais donner quelques petits coups de pinceau aux poteries que je lui destine.

ROSETTE.

10 janvier

GEORGES,

Je suis malade, au lit depuis quelques jours. Ta petite Rosette a été obligée de s'aliter parce qu'elle avait l'influenza.

Je souffre beaucoup, j'ai bien mal à la tête et je ne sais ce que je gribouille en cachette.

Je t'envoie un bien doux baiser ; je suis bien triste, sans savoir pourquoi.

Oh ! si vous saviez comme j'ai froid. Aussitôt rétablie je vous enverrai les poteries.

Dites, si j'allais mourir, penseriez-vous quelquefois à moi ?...

Lundi soir

Mon Georges ne m'écrit pas. Une lettre du mois passé et c'est tout. Oh! mon Dieu! m'aurait-il déjà oubliée? Les hommes sont-ils vils à ce point? Et moi qui n'ai cessé de penser à lui, lui dont le seul souvenir fait courir en moi un frisson de plaisir, il m'oublie!

M'être donnée ainsi, tout entière! Oh! mais, non... cela ne peut pas être. Qui sait s'il n'est pas malade lui aussi. Pauvre Georges! Maintenant je puis bien le tutoyer puisque je suis à lui, il me le demande et m'aimera davantage.

Mon Georges,

Je suis allée aujourd'hui à la poste croyant trouver une longue, bien longue lettre de mon ami, mais on ne m'a remis qu'une lettre datée du... 28 décembre.

Il paraît que Georges, c'est du moins ce que je suppose, n'a absolument rien trouvé dans son esprit pour écrire à sa petite Rosette. Quant à son cœur, malgré la phrase que contenait votre lettre d'aujourd'hui, il est probable qu'il n'éprouve absolument rien vis-à-vis de moi, car les longues lettres qu'il doit dicter sont toujours renvoyées aux calendes grecques.

Cependant, comme je ne suis pas méchante ou plutôt rancunière, je veux bien consentir à vous pardonner si toutefois vous m'expliquez d'une manière plausible l'emploi d'un temps qui vous a fait m'oublier à ce point.

Je ne veux pas supposer que vous êtes aussi malade, n'est-ce pas assez de moi?

Si vous saviez ce que j'ai souffert : des douleurs de tête épouvantables, mes membres comme brisés, enfin, dans le lit incapable de faire le moindre mouvement. Et voyez... sotte que j'étais !... à m'imaginer que vous étiez

peut-être inquiet en ne recevant pas de mes
nouvelles ; je faisais l'impossible pour vous
écrire quelques lignes et vous faire parvenir à
grand peine, après toutes sortes de combi-
naisons, une lettre pour vous tranquilliser...
tandis que vous !... pas même quelques lignes
m'annonçant seulement votre arrivée à Marseille. Avouez que ce n'est pas gentil et cela
m'a fait beaucoup de peine.

Vous m'avez accusée d'être froide, trop
froide même : franchement, je vais répondre :
Il y a en vous deux hommes, un qui paraît
bon, aimant, sincère, l'autre laissant percer
souvent un scepticisme, une assurance un
peu trop, comment dirai-je... crue, qui,
malgré moi, me choque et me froisse.

De ces deux Georges, il en est un cependant
qui me plaît : c'est celui qui paraît bon et aimant. Mais celui-là, Georges, je voudrais
qu'il sût trouver le chemin de mon cœur,
comme on dit en termes poétiques, et qu'il

5

me montrât par son abandon, sa confiance
entière, enfin en tout dans ses lettres, qu'il ne
me considère pas comme la généralité des
femmes qui sont heureuses et ne comprennent
de l'amour que des caresses brutales et des
baisers.

Moi, écoute, Georges, mon rêve c'est un
Georges ayant beaucoup de cœur pour sa
Rosette, mais rien que pour elle... Je souffre
en pensant que d'autres femmes peuvent me
voler mes baisers.

Si j'étais auprès de toi, je voudrais souvent
te garder, bien câline, et te dire toutes les
choses que mon cœur, sûrement, dicterait,
tandis que, jusqu'à maintenant ton cœur ne
m'a rien laissé deviner pour y répondre.

Selon tes lettres je te promets de t'écrire,
et aussitôt lues, afin de bien être sous l'impression produite. Toi, fais de même, écris
ce que tu penses ; je ne me fâcherai pas,
j'aime la franchise, même si elle me froisse

pourvu qu'elle soit juste et dictée par l'amitié.

Je crois pourtant qu'il est temps de te dire bonsoir, il est tard ; par la pensée, je me transporte dans la chambre de mon Georges, et là, bien doucement, parce qu'il doit dormir, je dépose un doux baiser sur ses yeux.

Ta Rosette.

Tu recevras en même temps les petites poteries.

20 janvier.

Non il n'est pas méchant, mon Georges. J'ai eu tort d'avoir cette pensée.

Mais ses lettres sont comme les premières : il n'y met pas son cœur. Je voudrais lire en lui, être sa vraie femme, partager ses aspirations et ses sentiments et il ne me confie rien. Je lui ai envoyé des poteries que j'ai peintes moi-même, j'ose espérer qu'elles lui plairont

et qu'il pensera à moi plus souvent en voyant
nos deux noms que j'ai dessinés au milieu des
fleurs.

Il me conseille de lire, d'écrire... mais je
n'ai pas le temps. Oh ! si je le pouvais je lui
dirais de jolies choses...

MON GEORGES,

Alors, Monsieur, il faut absolument te dire
toi ? Par où vais-je commencer ? Tiens, par
des excuses. Je retire tous les reproches que
je t'ai adressés dans ma dernière lettre et je
t'envoie un baiser pour signer la paix. La
faute n'est en effet qu'au postier qui ne m'a
remis ta lettre qu'avec la dernière d'aujour-
d'hui. Enfin tout est bien qui finit bien, je
vois que tu n'avais pas oublié Rosette et je
préfère cette pensée.

Sais-tu, mon Georges, que je suis encore
malade et malgré cela obligée de travailler très

tard à cause des fêtes du Carnaval, aussi suis-
je exténuée de lassitude.

Dis, mon Georges, viens pour Carnaval,
nous nous amuserons bien, va.

Nous irons à la bataille des *confetti* et nous
nous en donnerons à cœur joie.

Le soir, il y aura bal partout, je t'indi-
querai celui auquel nous nous rendrons et
nous passerons d'agréables soirées. Dis viens.

Tiens, je me mets tout près de toi, sur tes
genoux dans ton grand fauteuil, — tu sais,
près de la cheminée, — puis je te fais un
bien doux baiser, sur tes lèvres. Dis, oui,
veux-tu ? Je te promets d'aller à Marseille
pour Pâques, mais viens. Je t'assure que tu
ne le regretteras pas, car cela mérite d'être
vu, au moins une fois.

Si j'étais riche, seulement comme nous
l'étions auparavant, comme volontiers j'occu-
perais mes loisirs par l'étude.

Oh ! rassure-toi, je voudrais être très instruite, mais pas pédante, un savant sans bonnet carré ni toge, pétri par parties égales d'érudition et de modestie.

Je voudrais aussi parfois être homme pour avoir plus de liberté, mais, entendons-nous, une liberté sage.

Si nous vivions quelques siècles plus tôt, sais-tu ce que je te dirais ? Tiens, prends ce costume du docteur Faust, moi... celui de Siebel... et allons en une cité bien noire, bien moyennâgeuse, bien silencieuse ; allons en la vieille tourelle d'un antique château ; composons de la prose, de la poésie, ou bien encore, compulsons les parchemins, chauffons les creusets, préparons les alambics... à nous les arcanes du Monde !...

Mais ce rêve d'antan n'est plus de mise en presque 1900 ;... je me contente de saisir de temps en temps Stradivarius, et, sur la chanterelle, je voudrais, pour donner corps et vie à cette fantaisie irréalisable, pouvoir com-

poser quelque vieille ballade, stridente, fantasque, coupée de chevauchées et d'éclairs,
très dramatique et se perdant en un long et
frais éclat de rire.

J'ai beaucoup à t'écrire mais il est une
heure et demie du matin et j'ai bien sommeil.
Si j'étais auprès de toi tu me garderais bien
chaudement dans tes bras et je m'endormirais
sous tes baisers,... tandis que mon lit est
froid... et mon Georges est si loin...

Je pense que tu m'enverras cette fois une
longue, bien longue lettre de huit pages, au
moins, pour compenser les précédentes. Je
te répondrai alors beaucoup, beaucoup de
choses... mais, j'ai remarqué que tu ne fais
absolument que répondre strictement à mes
lettres. Changeons un peu, écris, toi, et je
répondrai... sur tout ce que tu voudras ;
prends n'importe quel sujet, sentiments, arts,
enfin dis-moi ce qui te plaît et dissertons là-
dessus, veux-tu ? J'aime, moi, causer ainsi,

et je voudrais que mon Georges le comprît.
Ne garde pas tout pour tes livres.

Encore une fois, au revoir, je vais m'endormir en pensant à toi et rêver que tu viendras pour le Carnaval.

Encore un baiser,

ROSETTE.

27 Janvier.

Pas le temps de lui faire une longue lettre
et je voudrais cependant lui dire beaucoup de
choses, beaucoup, car, maintenant je l'aime,
oh ! oui, je sens que je l'aime.

Vite, vite un bonjour à mon Georges pendant que tout le monde est sorti. Il est impossible de lui écrire huit pages aujourd'hui,
faute de temps...

D'abord Rosette est contente, cette fois, de
son ami. Elle a trouvé bien gentil le joli nom

de Zette, de Zizette qu'il lui donne et ne veut le porter que pour lui.

Écoute, je crois que Zette, si elle interroge son petit cœur, y trouve maintenant beaucoup de choses pour Georges et qu'elle commence à... l'aimer. Veux-tu que je t'aime, dis ?... beaucoup, beaucoup ?

Si tu savais combien j'ai de choses à te dire... si tu avais pu venir au moins pour Carnaval. Les fêtes durent quinze jours, quinze jours pendant lesquels tout Nice s'amuse et ressemble à une ville de folie.

Il y aura demain dimanche une fête superbe, pour t'en donner une idée je t'enverrai le journal, et, pendant quelques instants, du moins tant que tu liras, tu seras, par la pensée, auprès de ta petite Rosette qui, elle aussi, aura beaucoup pensé à toi.

Ah ! si mon Georges était là, comme je serais contente ! et qu'il serait bon de nous amuser tous deux l'un près de l'autre.

Avant-hier, après l'arrivée de Carnaval,
nous sommes allés au bal du Casino avec des
amis. C'était très bien ; j'ai dansé, mais pas
beaucoup à cause de la présence d'un
monsieur dont je t'ai peut-être parlé... celui
qui m'a demandée... Il m'a fait faire deux
valses auxquelles je n'ai pu me dérober, par
politesse, puis, voyant que je ne dansais plus,
il est resté en notre compagnie jusqu'à notre
départ. Il est très instruit et cause très bien,
mais il avait ce soir là, le don de m'horripiler
comme tu ne saurais le croire. Ce que c'est,
pourtant, que de ne pas aimer les gens. A la
maison tout le monde le trouve charmant, il
n'y a que moi... Enfin, assez parlé de lui.
Amen !...

Et toi, que fais-tu ? Dis-le moi, afin que
par la pensée je vive un peu de ta vie.

Je t'ai suivi, dimanche, dans ta promenade
à Bonneveine, et Rosette était près de toi,
va, de tout son petit cœur, en te lisant,

et elle t'envoyait de bien doux baisers.

Je suis obligée de te quitter pour me remettre au travail quoique je sois bien lasse.

Adieu. Ecris-moi vite et longuement ; je t'embrasse de toute mon âme.

Ta petite ROSETTE bien chérie.

1ᵉʳ Février.

Maintenant, c'est fini, mon cœur est à lui :

je ne m'appartiens plus. Oh ! comme je voudrais l'avoir près de moi !... ces caresses qu'il me prodiguait... aujourd'hui j'en ai envie plus que jamais et il est loin, bien loin, mon Georges.

Je lui raconterai mon rêve... peut-être que... mais je ne sais pas... moi.

Il va quitter la maison où il était parce que le propriétaire ne veut pas qu'on amène des femmes la nuit... Oh ! on m'a pris pour une... moi !...

Il me dit qu'il veut s'adonner exclusivement à la littérature, que son premier livre lui a rapporté mille francs... Pauvre cher Georges !... on ne vit pas avec mille francs.

Il m'a redemandé des cheveux. Aurait-il oublié que je lui en ai déjà donné ?

Mon Georges bien-aimé,

J'ai relu tes deux dernières lettres, hier au

soir, avant de m'endormir, ce qui fait que j'ai
rêvé de toi toute la nuit.

J'étais à Marseille ; nous habitions tous
deux une jolie chambre toute rose que j'avais
garnie de bibelots, de fleurs et de ces mille
petits riens que j'aime confectionner et qui
ornent si bien chez moi.

Il y avait aussi tout ce que j'aime, mon violon, mes dessins, mes livres, mes cahiers, et surtout, surtout... mon Georges.

Nous étions tout près l'un de l'autre, je sentais la flamme de son regard me pénétrer jusqu'à l'âme et m'envelopper comme d'une caresse, et je frissonnais, quand, par moments, ses lèvres se posaient amoureusement sur les miennes.

Tout à coup, comme je m'abandonnais à ses caresses, un bébé joli comme un petit ange, blanc et rose, vint, de ses petits bras potelés, enlacer nos deux têtes dans une même étreinte. Tu le pris alors sur tes genoux et tu nous embrassas tous deux bien fort. Mais, chose étrange, chacun de tes baisers prenait un peu de mon âme : je ne voulais pas et je me sentais cependant mourir... Je n'entendais plus ta voix que comme un murmure me suppliant en vain de vivre.

C'était doux et cruel à la fois, mon pauvre

cœur se brisait... et, au loin, mon violon vibrait sous des doigts invisibles, en une harmonie déchirante et triste comme en ont seuls les chants de mort...

Soudain je m'éveillai, le cœur gros de larmes, je suffoquais...

Je suis demeurée si impressionnée de ce rêve que je t'en fais part.

Je ne suis cependant pas superstitieuse, mais... malgré moi... je songe à... ce que tu me demandais relativement à... tu sais... Je n'osais pas t'entretenir de... cela. Cependant je n'ai rien vu... depuis mon retour. Je supposais un excès de fatigue, occasionné par le surmenage continuel de ces dernières semaines, car je ne suis pas forte, mais... depuis ce rêve, je suis inquiète... Toi qui sais, peux-tu me dire pourquoi, et me tranquilliser ?

Alors, c'est à cause de Zette que tu quittes ta chambre. Tu vois bien que c'était mal, cela, puisqu'on m'a jugée comme la dernière des femmes. Si tu savais comme ces pensées me font du mal et combien elles m'attristent... Oh !... mon Georges, dis-moi bien que toi, du moins, tu m'estimes...

Oui, je voudrais bien rester avec mon Georges toujours, lire tout ce que son imagination de poète ou d'observateur lui suggère, puis, bien gentiment, lui donner mon avis. Ma collaboration ne ferait pas grossir par milliers le nombre d'exemplaires vendus, mais elle laisserait sûrement un charme plus doux, pénétrant, que les hommes ne réussissent à laisser dans leurs écrits qu'aux rares moments d'inspiration, c'est-à-dire où leur système nerveux fortement impressionné par un sentiment ou une idée fixe, sait les rendre, eux aussi, impressionnables.

La femme, ne vivant généralement que par le cœur, saura mieux décrire tel ou tel état d'âme, mettre, par cela même, plus de suite et de plausibilité à des faits qui, manquant de transition, paraîtraient crus et nuls.

Tiens, j'ai remarqué que, comme nouvelliste,
Guy de Maupassant a excellé dans l'art de dé-
peindre les plus intimes sentiments de l'âme.
Est-ce parce que son esprit exalté touchait à
la folie ? Peut-être ; mais, sincèrement, qui de
nous n'a éprouvé et n'éprouve, à certains moments de sa vie, des sentiments ou sensations
comme il les décrit, et malgré l'invraisem-
blance — souvent — des faits, est amené,
tant c'est bien conduit, à conclure par un :
« C'est vrai ! »

Mais aussi quel maître que Flaubert !

Alors, tu veux t'adonner exclusivement à la
littérature. Sais-tu qu'il sera bien difficile de
te créer une position avec cela... surtout... au
début, c'est si peu rétribué... quelquefois on
arrive tout de suite.

Comme arts, littérature, je vais te donner
mon avis : En ce siècle où tout n'est qu'intérêt,
je pense qu'il faut d'abord avoir de l'argent
pour suffire à son ambition. L'art, c'est très

beau, mais, à moins d'avoir un talent ou une
chance exceptionnels, il ne suffit généralement,
pas à nourrir son homme. Combien n'en-a-t'on
pas vus et n'en voit-on pas, chaque jour, mourir de misère ? Je pense qu'il faut d'abord con-
sidérer le côté pratique. Si, comme toi, l'on
est riche, et que les rentes permettent de vivre,
non seulement sans rien faire, mais en laissant
le loisir de voyager, de s'instruire selon ses
goûts, il est bon de les satisfaire. Si on doit
subir des mécomptes, ils ne peuvent atteindre
que l'amour-propre, et moins encore profondément que ne le feraient les mêmes désillusions à des déshérités de la fortune.

Les résultats peuvent être aussi contraires :
favorables pour les uns, tandis que chez ceux
qui ne sont pas prêts à la lutte, ils peuvent
produire de funestes désespérances.

Je considère aussi comme un être absolument nul, celui qui, n'ayant aucun moyen
d'existence ou à peu près, n'a, de vingt-cinq

à trente ans, rien fait pour se créer une position sociale.

Toi, tu peux vivre, tu as une honnête aisance, mais, à ta place je préférerais avoir une situation plus sûre que celle d'homme de lettres, une situation qui me permît d'avoir autre chose qu'une médiocrité dorée.

Tu me parlais de te présenter à la députation ; ... c'est encore très beau, cela sonne bien : député! comme tu le dis si finement dans une de tes comédies, mais, entre nous soit dit : si j'étais homme cela ne me plairait pas.

C'est un abominable traquenard que la politique, une censure continuelle, ne visant qu'à vous montrer en risée à vos adversaires, notant chacun de vos faits et gestes pour les ridiculiser. Il faut, pour y rester, avoir infiniment d'esprit ou d'ambition, répondre à tous ou à point... et ne le peut pas qui veut!... Moi je préférerais une position plus indépendante.

Oh ! mais je m'aperçois que je bavarde bien ce soir ; vais-je faire concurrence aux pies, maintenant, et cependant je n'ai pas encore fini.

Ecoute la drôle idée que la demande d'une *mèche* de mes cheveux a fait naître en mon esprit. Je t'en ai envoyé il y a déjà un certain temps... peut-être ne t'en souviens-tu plus ?

Les cheveux, en petite quantité, ne peuvent se mettre qu'en médaillon de montre ou autre ; c'est un joli souvenir, mais en mèche de vingt centimètres... !...

En matière de jurisprudence, d'une affaire désormais abandonnée, irrévocablement reléguée dans les cartons de dame Thémis, on dit qu'elle est *classée*.

Ce n'est point dans ce sens que je prends le mot à mon compte.

Dans les musées de zoologie, quand un conservateur érudit, tous caractères bien examinés, met un empaillé dans une vitrine, après l'avoir gratifié d'une étiquette sûre et détaillée, le dit échantillon est considéré comme *classé*... Ah ! cette fois, voilà l'acception qui me convient.

Oui, je voyais déjà ma longue mèche de cheveux, cataloguée par Georges dans une collection variée de cheveux de toutes teintes et aimés jadis. Ai-je deviné ?

Zette envoie tout ce qu'elle a d'amour à son bien-aimé. Elle veut et attend une longue, bien longue lettre, et si Georges n'a pas beaucoup de temps pour écrire, qu'il fasse comme elle, qu'il le prenne sur son sommeil.

Est-il juste que je veille si tard pour te causer alors que je suis fatiguée et que Monsieur Ivan soit déjà lancé, à toute électricité, dans le pays aventureux des rêveries multicolores... Non, non pas l'un sans l'autre.

Encore une douce caresse de Zette.

6

Vendredi matin.

Je croyais que mon rêve allait se réaliser...
qu'un petit bébé rose... mais non... rien... il
m'a dit... puisque... Ecrivons-le lui vite.

En me réveillant ce matin, je me suis aper-
çue que...

Je te le dis vite. Es-tu content de Rosette
aujourd'hui : dix pages !... A toi maintenant.

GEORGES,

Tu me demandes une longue lettre...
pourquoi? Suis-je seulement digne de cor-
respondre avec toi? Mais, commençons par le
commencement, je te dirai ainsi mieux toute
ma pensée. Non, je n'ai pas voulu faire un
trait d'esprit en t'appelant Monsieur Ivan et
je ne conçois pas très bien la pensée qui t'a
fait supposer cela.

Je n'ai nullement la prétention d'ailleurs de

faire ainsi de l'esprit à tout propos, et si je t'ai appelé Yvan, c'est parce que ce nom était un peu moins familier que Georges est moins cérémonieux que de Ressy ; dans le ton où j'écrivais, Georges ou de Ressy étaient déplacés tandis qu'Ivan ne l'était pas, mon langage étant celui du badinage.

Je n'ai d'abord pas compris en lisant ta lettre la phrase suivant tes réflexions sur mon compte : « Devant le doute, abstiens-toi. » Ce n'est qu'après l'avoir relue plusieurs fois que j'en ai enfin compris le sens. J'en ai été si douloureusement surprise... que j'en pleure encore, malgré moi.

En t'écrivant, j'étais très impressionnée par mon rêve qui m'avait soudain paru un avertissement.

Ma dernière lettre était longue, en effet, mais, si j'avais su comment mes conseils ou plutôt ma causerie devait être interprétée, j'aurais eu le soin de n'en écrire que quatre pages. Ce n'était nullement pour te décourager que je répondais de la sorte à tes projets, je disais simplement ce que je pensais comme on le fait avec un ami. Tu as eu tort si tu y as trouvé des intentions blessantes.

Mais tu as bien fait d'écrire tes réflexions, je les conserve. C'est vrai, il y a beaucoup de distance de l'un à l'autre. Tu écris ton nom avec une particule et je l'écris, moi, sans rien. Que doit m'importer si tu fais telle ou telle chose ? On ne se laisse conseiller que par ceux qu'on aime ou de son rang : alors, Rosette, ma fille, retourne bien vite à tes affaires, cela vaudra infiniment mieux. C'était bien là, n'est-ce pas, ce que signifiaient les « fabricants de produits alimentaires et de calicot ».

Je suis très lasse ; puis, mes appréciations, mon esprit ne peuvent probablement que manquer de souplesse à côté de tout ce que doit laisser supposer un nom représentant un noble.

Enfin, je ne sais, mais tout, cette dernière fois, dans la lettre de Georges était tranchant comme une lame d'acier.

Je ne veux aujourd'hui que répondre à cela étant tout à fait perplexe sur ses pensées à mon égard.

ROSE.

10 février.

Zette envoie cependant à son Georges un tout petit baiser d'amour avant de mettre la lettre à la boîte.

Je lui parlais sans penser le froisser, d'une manière toute naturelle... et il me méprise parce qu'il est noble. Quel homme est-ce donc?

Je ne l'aime plus autant depuis sa dernière lettre.

13 février.

Il m'a fait des excuses : il n'a pas voulu me blesser, seulement il n'était pas content le

6*

jour qu'il m'a écrit, alors je me suis figurée qu'il ne m'aimait plus. J'ai eu bien tort. Je vais le lui dire. C'est moi qui suis une méchante de lui faire de la peine.

C'est que je l'aime tout de bon : ses caresses si brûlantes me manquent et j'en souffre.

Aujourd'hui j'aurais tant envie de le sentir bien à moi et d'être à lui. Il va partir à Paris pour quelque temps ; comme il sera loin !... Il va ne plus penser à moi.

Si j'avais su j'aurais cherché un emploi dans la ville où il doit aller et il aurait été bien heureux de me voir près de lui. S'il savait comme mon petit cœur est à lui.

Je voudrais au moins le voir avant son départ.

MON GEORGES,

Oui, je te la renvoie cette lettre, car je la trouve méchante... malgré tes paroles... et enfin je ne dis pas le mot. Je veux seulement n'en plus parler. Puisque tu m'assures ne pas avoir eu de mauvaises intentions, je veux le croire et finis la querelle par un baiser.

Zette est triste. Quoi ! tu vas partir, t'éloigner encore ? Resteras-tu longtemps à Paris ? Georges aura bien vite oublié Rosette sans doute ?

Sais-tu ce dont je m'étais occupé ? — de me trouver un emploi pour habiter Marseille. Je dois avoir une réponse un de ces jours, mais si tu pars, il est probable, au risque de passer pour la plus lunatique personne du monde, que je resterai ici.

Partiras-tu sans dire adieu à ta petite Zette ? Je voudrais bien aller un peu à Marseille, samedi par exemple, mais, comment faire ? Ah ! si je pouvais. Tu serais venu m'attendre à la gare, nous serions allés chez toi, et là, tous les deux, seuls, nous aurions été bien heureux.

J'aurais vu Zizette sur ta cheminée te
tenant compagnie alors que je suis loin. J'aurais voulu aussi, de temps en temps, des
baisers... mais... rien que des baisers... je
trouve que c'est si doux.

Puis, maintenant que j'ai de l'affection pour
toi et que nous nous connaissons, ce ne serait
plus la même chose, il me semble. Je te reverrais avec joie et c'est de grand cœur que
j'embrasserais mon Georges.

Et toi ?... Dis, quand reviendras-tu habiter
Marseille ? Et Zette, que fera-t-elle dans ton
esprit, son souvenir sera-t-il aussi vite effaré
que celui...... des autres.

Dis, mon Georges, je ne sais pas, mais, ce
soir, je voudrais être auprès de toi ; j'ai envie
de pleurer à propos de tout et de rien. Est-ce
parce que tu m'annonces ton départ ? Je ne
sais, mais je voudrais être à Marseille, dans
ta grande chambre, toi, dans le fauteuil, moi,
sur tes genoux, puis que tu me gardes un peu

en me caressant comme on le fait aux enfants lorsqu'ils sont malades.

Que vas-tu penser ? que Zette est un peu
folle par moments ; moi je crois tout simplement qu'elle t'aime.

Tiens, je n'écris plus, j'en écrirais probablement beaucoup plus que je ne veux en
dire. J'attends une longue, longue, longue
lettre de toi, j'y répondrai aussi longuement
et aussitôt.

Dis-moi ce que tu comptes faire,.... dans
combien de temps tu dois revenir.

Je t'embrasse bien doucement sur tes yeux
et je m'endormirai ce soir en pensant à mon
Georges chéri,

Ta petite ROSETTE.

17 février.

Il est malade... tout seul. Comme les
heures doivent lui paraître longues!... S'il

m'était possible de voler auprès de lui!...

Je vais tâcher d'adoucir sa tristesse, de le consoler et puis je lui raconterai ce que j'ai fait ces jours derniers, cela l'intéressera.

Il devait m'envoyer sa nouvelle photographie et il ne va pas chez le photographe parce qu'il est malade. Il a toujours une excuse toute prête. Ce n'est pas gentil, cela.

MON GEORGES,

Tu es donc toujours malade? Comme mon Georges doit être triste; tout seul dans cette grande chambre qui doit paraître encore plus froide et nue lorsqu'on n'a pour compagnie absolument que la solitude (tout comme dans les vers d'Alfred de Musset).

Si tu savais comme je voudrais être encore plus près de toi. Je te soignerais bien, va; je serais là, constamment à veiller sur mon Georges, lui causer de temps en temps, quand

il voudrait, lui faire la lecture, enfin le dor-
loter comme un enfant, mais un grand enfant que l'on chérit beaucoup.

Mais voilà, Zette est malheureusement bien
loin et Georges reste seul, — si cela peut
être une consolation pour lui, qu'il pense bien
que sa petite Rose, quoique éloignée, lui envoie chaque soir son souvenir, et ne s'endort
pas une seule fois, sans avoir, au préalable,
tenu un petit dialogue mental avec lui.

Et toi, causes-tu quelquefois ainsi à Zizette? Sais-tu ce que je fais? moi... une fois
couchée, j'appuie ma tête sur mon bras, de
côté, pour m'endormir, et je m'imagine dormir auprès de mon Georges. Si tu pensais
comme moi, ce serait bien doux de se dire
que, mutuellement, quoique éloignés, nous
sommes si rapprochés l'un de l'autre.

Quand nous reverrons-nous maintenant?

Nous sommes allés à la Redoute. C'était
féérique. Comme je pensais à toi encore et

que j'aurais voulu l'entendre me donner ton
appréciation sur ce qu'on voyait.

Je ne connais pas Paris, mais il paraît que
nulle part, même au bal de l'Opéra, on ne
voit un pareil spectacle ; comme coup d'œil,
luxe, richesse, décor, rien n'égale Nice.

En effet, n'était présente à ce bal que toute
la haute aristocratie française et étrangère.
On y entendait causer toutes les langues, et,
c'était réellement curieux dans ces salles,
jardins, théâtre, tout ce monde vêtu des deux
mêmes nuances, rose et blanche, en des cos-
tumes d'une richesse inouïe, représentant
comme types, non seulement presque tous
ceux d'Europe, mais encore d'autres parties
du monde.

Nous sommes rentrés à quatre heures du
matin, et on a mangé, en arrivant, la soupe
au fromage et ce qui s'en suit. Enfin chacun
s'est décidé à aller dormir seulement au petit
jour, c'est-à-dire à six heures du matin.

Pour moi, je n'en pouvais plus. Il ne m'était jamais arrivé de me coucher à pareille

heure, surtout pour aller au bal. Enfin, ce n'est pas toujours Carnaval, c'est ce qu'on

avait le soin de faire remarquer chaque instant
à maman.

Et toi, t'es-tu amusé? Tu ne m'en as rien
dit. L'année prochaine, j'espère bien que tu
seras plus libre comme tu le dis, et tu pourras
alors venir voir ce Carnaval dont tout le
monde parle.

Alors tu n'oublieras pas vite Zette... Je suis
heureuse que tu ne me mettes pas, dans ton
esprit, au rang des autres femmes, et que tu
me considères surtout comme une amie sincère. Ce titre se donne plus rarement que celui
d'amant ou de maîtresse, et il est encore plus
rare d'être l'un et l'autre à la fois. Ecoute, il
faut être, nous, l'un et l'autre. Veux-tu?

Lorsque nous serons vieux et qu'il n'y aura
plus l'amour et la poésie, il demeurera la
douce et sincère amitié, et, selon notre avenir
à chacun, qui sait!... peut-être nous rencon-
trerons-nous encore pour nous faire part de
nos illusions et désillusions passées... Tu es

poète, je suis femme, rien n'est plus près de l'un que l'autre.

Ah ! je voulais te dire : lorsque tu es seul à t'ennuyer et à languir chez toi, ton esprit ne te dicte-t-il rien ? Moi, surtout quand je suis triste, j'éprouve le besoin de confier ce que je ressens, alors j'écris. Pourquoi ne ferais-tu pas ainsi ? Je ne veux pas supposer que ton esprit soit paresseux au point de ne te rien suggérer... si tu veux, envoie-moi cela, et, au lieu de faire mes confidences à mon journal intime, je les ferai à Georges.

Zette attend une longue lettre, car celle qu'elle a reçue aujourd'hui ne comptait pas, à son avis, et elle embrasse Georges bien tendrement.

ROSETTE.

Si tu continues à me faire tant attendre ta photographie, je te redemanderai, la mienne, Monsieur...

Sais-tu qu'il est plus de onze heures et
demie? Je vais vite me coucher en pensant à
mon Georges, qui est malade et tout seul dans
son lit. Si tu étais à mon côté, nous partage-
rions le grand bol de tisane qu'on a mis sur
ma veilleuse, à mon intention.

20 février.

Ce qu'il a osé me dire ! Moi, aller avec
d'autres ! Pour qui me prend-il donc ?... Il a
voulu rire... mais je n'aime pas ces plaisan-
teries, j'ai de la peine à croire que l'on ne dit
pas la vérité en riant.

Il m'a déjà plusieurs fois répété qu'il aimait
m'entendre chanter... pourquoi?

Probablement il se fixera à Lyon d'abord,
puis à Paris : il y fait froid, et quand j'irai
le voir je quitterai les pays du soleil, mais lui,
il me tiendra chaud... comme la dernière

fois... nous étions si bien ; on avait même
plutôt... trop chaud.

Je l'aime...

MON GEORGES (à moi).

Mais à quoi penses-tu lorsque tu m'écris
des énormités pareilles à celle-ci, par exemple :
« Vous avez mangé la soupe au fromage et
ce qui s'en suit » et surtout avec force points
d'exclamation ; non seulement cela, mais
encore en spécifiant un fait que tu sais très
bien n'être pas vrai, mais enfin que tu dis tout
de même. Méchant ! non seulement méchant,
mais cruel !

Ce que je voulais dire simplement, moi,
c'était la soupe au fromage, la choucroute, le
jambon, saucisson, beurre, fromage, les fruits,
gâteaux.

Voilà, Monsieur, puisque vous avez l'esprit
si inventif (en mal) et qu'il faut chaque fois

vous faire une énumération détaillée sous
peine d'être mal interprétée ; je ne vous dirai
plus rien.

A l'avenir, ne me dis plus de ces vilaines
choses qui me font plus de peine que tu ne le
crois ; n'oublie pas que Zette, lorsqu'elle est
seule, livrée à ses pensées, éprouve toujours
comme un remords au souvenir de Marseille.

J'ai ouï dire que pour juger une femme, il
fallait plus que la connaître. Crois-tu que
m'étant donnée à toi (et tu sais comment) je
me donnerais à d'autres pour le plaisir de me
donner ? J'ai trop de respect de moi-même
pour cela. Toi, tu m'as *prise*, et c'est pour
cela que je me laisserai reprendre par toi
seulement. Mais ce n'est pas une raison pour
me croire légère.

Puisque tu m'appelles ta petite femme, et
que tu sais que je la suis dans tout ce qu'il y a
de plus sincère, ne me fais plus l'injure de
soupçonner même des choses qui sont en

dehors de mon caractère, de mes idées et du milieu dans lequel j'ai été élevée.

Ah ! hier, je suis allée à Monte-Carlo. Tu devais me faire des infidélités, car... j'ai gagné cinquante francs.

Moi, je prépare quelque chose pour ta fête, mais je ne te dis pas ce que c'est ; il faut auparavant que je le fasse, mais comme c'est très long, maintenant que je sais la date exacte, je m'y mettrai en temps opportun. Je pense que cela te plaira.

Ah ! alors, monsieur Georges ne connaît pas le système de veilleuse surmonté d'une tasse, laissant ainsi la tisane ou le bouillon au chaud toute la nuit ? Il est vrai que tu n'es pas encore marchand de porcelaines, mais enfin, ne l'ayant jamais été non plus, je connais cependant cela.

Au fait, il est vrai que les hommes ne s'occupent guère du ménage et qu'il n'y a rien d'étonnant à ce que tu sois en retard sur

les progrès des manufactures ou fabriques
de poteries.

Mais non, Zette ne serait jamais lasse de
soigner son Georges. Ne trouve-t-on pas
dans le cœur toutes les abnégations, la pa
tience, la douceur pour soulager ceux qu'on
aime, quand ils souffrent, et leur plaire?
Alors, si j'étais malade, seule dans une grande
ville où tu serais, ne me soignerais-tu pas?
J'espère que tu es guéri cependant et que si
Zette va à Marseille elle trouvera Georges
complètement rétabli.

Tu as constamment profusion de pensées ou
d'idées et cela en si grand nombre et si varié
que tu ne saurais le rendre exactement. Tu
sais, je n'en crois rien. Je dis comme Boileau :
« Ce que l'on conçoit bien... » C'est simplement que tu ne veux rien me dire. Enfin,
peut-être, à notre prochaine entrevue, y aura-
t-il un volume de fait ; nous en prendrons
connaissance ensemble. Je te donnerai mon

approbation par des baisers si tu veux ?

Je me demande pourquoi tu me dis toujours que je chante bien, je sais fort bien, connaissant la musique, que ma voix est très ordinaire.

Alors tu n'es pas poète ? Là encore, tu n'as pas compris ma pensée. Je n'entends pas par poète celui qui ne fait absolument que des vers. Ces trois mots résument très bien ma ma pensée : « Avoir la jeunesse, les illusions et l'amour. » Voyons, cette fois n'es-tu pas poète ?

Si je vais à Lyon, me dis-tu, nous irons bien nous promener. Je ne connais pas Lyon, je sais que c'est beau, mais je suis si frileuse que tout me déplaît lorsqu'il fait froid ou que c'est humide. Enfin il est probable qu'au mois de juillet je ne courrai pas le risque de geler en route, puis, en tout cas, je me souviens très bien que

. . . . tu es très chaud

7*

. . . .

. . . .

. . . .

. . .*(Ici manque une demi page).* . .

. . . .

. . . .

. . . .

et puisque tu seras là.............................

Zette te dit au revoir et t'embrasse où,
elle? Tiens, moi, ce que j'aime le plus en toi,
ce sont tes yeux et tes moustaches. Je voudrais
bien te les friser un peu le soir, à la veillée...
elles sont jolies, tes moustaches... je ne te
demande jamais rien, je vais, cette fois, te ré-
clamer un peu de tes cheveux. Je les attends
dans ta réponse. Ne va pas les oublier, au
moins.

Encore une grosse « bize » bien douce et
bien amoureuse de ta Zette.

28 février.

J'ai lu des fragments de son dernier livre.
Il écrit bien, il y a de la poésie dans ses
phrases. Si le public est intelligent, il lira les
livres comme les siens, il n'attendra pas l'approbation du critique à la mode.

J'aime à relire sa nouvelle qu'il a si bizarre-
ment intitulée : « Elle ».En voyant un tel titre
je m'imaginais qu'il avait pensé à moi en
l'écrivant... Ah ! oui !... Il était triste ce jour-
là. Encore une fois... ah ! la voici ; il me
semble me voir à sa place... elle est là...

Elle !...

Une teinte livide et blafarde se diluait à
l'horizon. Dans l'immense linceul des eaux le
soleil avait roulé son cadavre. Un long stratus
plombé pesait dessus comme la dalle d'une
tombe. Les draperies funèbres de la nuit se
déployaient autour de moi, impalpables et

mornes. Peu à peu ma songerie vague tournait au lugubre.

Le visage de la lune qui grimaça tout-à-
coup, hagard et pâle, dans l'entrebâillement
de deux nuages me donna le frisson. On eût
dit une tête de supplicié dans la lunette fatale :
elle disparut et j'éprouvai un soulagement.
Mais le deuil des choses continua à m'envahir.

Derrière moi, en la ténèbre plus épaisse, un
bruit étrange troubla le silence inquiet de ma
chambre : c'était comme un cliquetis d'os entrechoqués. Mes pupilles se dilataient à sonder
l'ombre. Le bruit se fit plus sec et plus proche ;
il semblait venir de mon alcôve. Un furtif
rayon de lune passa et, du glissement d'un
suaire, une charpente humaine émergea,
rigide, devant moi. Mes idées vacillèrent dans
mon cerveau, mes jambes chancelèrent.

Devant mon effroi muet, un rictus mauvais
parut contracter les mâchoires du squelette.
un pas, un claquement de tibias... je de-

meurai sans pouvoir articuler aucun mot.
Le squelette parla : j'entendais sans com-

prendre. Un son rauque, caverneux, passait,
voilé, entre ses dents que la lumière de la lune
faisait briller comme son crâne dénudé.

— « Jeune homme, pourquoi as-tu peur de la Mort ? Ne me reconnais-tu pas ?

— « Toi !...

— « Oui... je suis la grande, l'éternelle consolatrice; avec moi, plus d'amours mensongères, plus de souffrances sans fin ; j'apporte la paix aux corps tordus de douleur. Les peuples trop pressés manquent-ils de pain ?... Mes sœurs, la Maladie, la Peste, l'Epouvante, la Famine, la Guerre font leur métier de tueuses; comme des vrilles elles s'attachent aux humains ; les survivants ont l'abondance et l'espace : ils s'engraissent pour moi.

— « Toi, dans ma demeure !...

— « Ta demeure... ta demeure !... ô fou !... Tout est à moi ici. Je suis la Mort, la dévoreuse des générations disparues et à venir. Mon royaume d'oubli est de tous les mondes : je suis l'universelle... la Mort !... celle qui ne passe point et qui voit tout finir devant ses yeux caves. Ma faim n'est jamais rassasiée, et

ma poitrine est vide, toujours, implacable-
ment. Regarde... plus de cœur... plus rien...

Tes frères, ton père, ceux que tu aimes le
plus, je prendrai tout. Les rides accourront à
moi avec les sourires jeunes, les lèvres appe-
leuses de baisers. Sous ma main tout deviendra poussière, et cette poussière, le vent
hurleur l'emportera, la sèmera dans l'éther en
poudre invisible et les vivants se nourriront
des corps des morts. Je suis la Mort, celle
qui prend les vierges, les époux, les amants...

Je vais supprimer pour toi les contingences :
dans cette salle de bal, là-bas, écoute ces pas
cadencés, cette valse ; vois ces visages tirés
par l'excès du plaisir... Encore quelques
années, quelques minutes... un rien... et ces
affamés de joie ne seront plus. Ces nébuleuses
de poussière qui les baignent dans l'éclat des
lumières, c'est le seul reste des danseurs
d'autrefois, c'est l'ultime fin des cadavres qui
planent sur les mondes emportés par les brises

vespérales. O homme !... chose de rien, songe à moi... je te prendrai avant que quinze lustres n'aient accompli leur révolution... Adieu ! »

Et l'apparition blême s'est évanouie dans un bruit sec d'os entrechoqués, comme elle était venue.

.   .   .   .

Ce passage est triste, mais de la lecture de son livre se dégage un charme pénétrant, caressant et doux comme un sourire de femme.

Mais, non ; les gens préfèrent ne pas se donner la peine de juger. Ils aiment mieux avoir une opinion toute faite sur tel ou tel auteur en vogue. La plupart des lecteurs lisent, mais ne savent pas lire, ou, du moins, ils ne veulent pas lire.

Il y a bien des auteurs qui ont du talent, souvent on n'ouvre pas même leurs livres, on lit l'analyse de Mr X. et c'est tout. Les juge-

ments varient avec les époques, c'est un peu
comme les modes ; Stendhal est glorifié, porté
aux nues, et de son temps son « Rouge et
noir » ne s'est pas seulement vendu à cent
exemplaires.

Je garde mes appréciations littéraires pour
moi, je lui parlerai d'autres choses... il me
croirait peut-être pédante. Qui sait ? Non.

MON GEORGES BIEN-AIMÉ,

Tu m'attends à Marseille !... Comme je
voudrais aller voir mon Georges ! Je ne sais
pas, mais j'ai, depuis hier soir, une envie folle
de te revoir. Je languis après toi, j'éprouve
comme un besoin de te dire que je t'aime et
je voudrais te sentir m'étreindre bien fort en
te donnant à moi. Pourquoi, dis ?...

Tiens, je pense en voyant une jeune femme
passer, en compagnie de bébés, que je voudrais bien être comme elle et avoir aussi, moi,

un petit être qui fût moi et toi pour l'aimer et l'élever à ma guise. Je voudrais... oh ! mais non, je suis folle, ce soir, je crois ; il vaut mieux, comme tu le disais, que cela soit autrement ; *notre* fils, si gentil et si beau qu'il fût, aurait coûté trop de larmes à sa mère.

Alors, c'était bien cela, n'est-ce pas ? J'avais bien deviné ? — tiens, comme c'est drôle tout de même. Et qu'aurais-tu fait, dis, si tu avais rendu Zette mère ! Moi, je n'aurais pris conseil que de toi n'ayant que toi à écouter.

Non, je ne veux plus de tes cheveux ; c'est d'abord ta photographie, puis tu m'en enverras ensuite. On dit que les femmes sont coquettes, mais je m'aperçois que Georges pourrait bien leur rendre des points : une petite mèche de cheveux coupée pourrait déspprécier une harmonie de la coiffure. Ah ! fi ! Monsieur, sachez qu'en fait d'harmonie je n'admets que celle de la musique, et tout ce

que vous dites n'est que le fait d'une volonté
fort paresseuse, avoue-le, si tu veux que je te
pardonne. Enfin, ne discutons plus, mais
envoie cette photographie, ou renvoie la
mienne, entends-tu ?

Ah ! si j'étais auprès de toi, comme j'irais
doucement te faire des misères pour te punir
d'une si grande négligence, mais je me rat-
traperai, tu verras.

Je ne puis encore te fixer une date pour
mon arrivée à Marseille. Ne pars pas encore,
ou viens me dire adieu, mais un adieu qui ne
soit qu'un synonyme d'au revoir, n'est-ce
pas ? Tu viendras bien voir ta petite femme
à Marseille de temps en temps ?... et elle
se gardera toujours, bien sûr, pour son
Georges.

Tiens, le curieux, qui voulait savoir ce que
j'avais écrit où ma lettre était déchirée;
mais... écoute... si j'avais détruit cette demi-
page, c'est qu'apparemment je ne voulais pas

qu'elle fût lue. Alors cherche un peu, si tu
devines, je te dirai si c'est juste.

Viens, nous irons tous deux à Monte-Carlo.
Je me propose de m'y rendre un de ces jours ;
dois-je t'attendre ou aller sans toi ? C'est vrai,
j'ai assez de chance au jeu ; ainsi, j'ai joué
au Casino, le mardi-gras, et j'ai gagné, puis,
dernièrement, à Monaco. Et tu m'assures que
tu ne me fais pas d'infidélités ? Alors c'est
avoir toutes les chances, celle de gagner au
jeu et... heureuse en amour. Cela durera-
t-il ? . . . .

. . . .

Que fais-tu ? As-tu toujours des cahiers à
coudre ? Si j'étais auprès de toi, je t'aiderais
bien, va ; je voudrais, le soir, à la clarté de
la lampe être bien près de toi et y travailler
pendant que tu me lirais tes livres. N'est-ce
pas que ce serait gentil, cela, et que tu ne
t'ennuierais plus ?

Réponds-moi vite et beaucoup de choses ;

tu dois être guéri maintenant, je le souhaite du moins de tout mon cœur. Je t'envoie de bien doux baisers sur tes yeux, une longue caresse sur tes lèvres en attendant ta lettre et ton arrivée prochaine.

Ta petite ZETTE.

Encore un baiser, veux-tu ?

ZETTE.

5 mars.

Que le temps est triste !... J'ai en horreur ces nuages sombres qui courent dans le ciel. J'aime tant la gaieté, et, aujourd'hui, on croirait vivre dans un jour de deuil universel ; les vagues gémissent et le ciel pleure.

MON GEORGES,

Si tu savais comme je suis triste !... à la maison tout le monde est malade, c'est une véritable ambulance.

Ne t'arrive-t-il pas parfois de ressentir, sans t'en rendre bien compte, un sentiment de tristesse indicible, quelque chose qui vous étreint le cœur et y pèse comme du plomb, montrant tout en noir, ne laissant que vide et tristesse ?

Oh ! moi, voilà quelques jours, il me serait impossible d'analyser ce que j'éprouve. Je comprends surtout une chose : que la vie est triste, trop triste, et surtout trop souvent, et j'ai de ces envies folles de mourir.

Je me dis qu'une fois morte je serai bien heureuse : plus d'ennuis, plus de soucis, et moi qui aime tant le repos... un sommeil éternel pas même peuplé de rêves où ma pensée vit encore plus qu'à son gré. Ce doit être bon, la mort. Et crois-tu, j'envie ceux qui ne sont plus.

Au fait, il se peut que ce temps gris et lourd influe aussi sur moi. Mais, mon Georges, comme je voudrais avoir quelqu'un près de moi, qui me comprît et me consolât, me disant de douces paroles comme j'en saurais trouver, moi, pour celui à qui j'aurais donné mon âme. Je voudrais sentir un cœur ami, mien, tout mien, et pouvoir pleurer. J'ai le cœur gros, bien gros, et ce soir Zette va se mettre au lit en songeant à de bien tristes choses, comme peuvent en engendrer seuls les cœurs malades et sensibles.

Je te quitte, je n'écrirais que du noir, toujours du noir et c'est assez de ces trois pages.

Pardonne-moi de ne te causer de rien mais j'en serais incapable ce soir.

Je t'embrasse bien tendrement sur tes yeux que j'aime.

Ta ZETTE qui est bien triste.

12 mars.

Il veut me faire une surprise !... Laquelle ? Viendrait-il ?... oh ! s'il venait !... A lui !..

Nous serions si heureux si nous vivions en-

semble !... mais peut-être l'éloignement lui
fera-t-il oublier sa Zizette... s'il me trompait !... Non... j'en mourrais.

MON GEORGES,

Ce n'est qu'aujourd'hui que je puis prendre
connaissance de ta lettre, car j'ai voyagé cette
semaine. Alors, tu ne seras plus à Marseille
le mois prochain...

Comme c'était lundi aujourd'hui et que tu
me le conseillais dans une de tes lettres, je
suis allée à Monte-Carlo. Mais, aujourd'hui
je n'ai pas eu de chance. J'avais porté
vingt francs pour jouer à ton intention et de
plus trente francs que j'avais mis de côté au
cas où je pourrais aller te voir ; ce qui fait que
j'ai reperdu ce que j'avais gagné. Enfin, maintenant je n'y retournerai pas de sitôt, tant pis
pour moi. J'en suis quitte pour me priver et
te priver de mon séjour à Marseille.

Tu languis après Zette ? Je voudrais bien aussi, moi, être auprès de toi, surtout... le soir. Comme tu le dis, nous sortirions maintenant qu'il fait moins froid, car tu ne dois pas avoir oublié combien je suis frileuse, ou bien nous lirions dans notre grande chambre tout près l'un de l'autre... moi tout près de tes lèvres, puis aussi... nous nous aimerions bien.

Alors tu voudrais un fils aussi, toi ? Oh ! moi, comme je l'aimerais ce petit être qui serait toi et moi. Je voudrais l'élever, former son esprit et son cœur, faire de lui un homme supérieur. Il est probable que si cela eût été, j'aurais suivi tes conseils de point en point, mais je ne serais jamais retournée chez moi ; je n'aurais pas voulu être privée de la vue de mon enfant, mais libre.

Cependant, malgré tous mes désirs secrets de m'entendre appeler « maman » il vaut mieux, n'est-ce pas ? que cela ne soit pas, et

8

que ta folle petite Zizette ne pense qu'à *un*
Georges.

Tu me dis que tu me feras peut-être une
surprise à laquelle je ne m'attends pas...
mais... peut-être... cela doit dépendre des
circonstances... Desquelles, dis, mon Georges,
et quelle sera cette surprise? Il y a longtemps
que tu ne m'as rien annoncé de nouveau,
alors dis-moi ce que c'est... tu veux?

Tu ajoutes que lorsque nous serons ensemble, ce sera bon de nous aimer, que rien
que d'y penser, cela te grise, te... pourquoi
n'achèves-tu pas? Zette aurait voulu savoir la
suite.

Moi, si nous nous voyons bientôt, je veux
passer la soirée bien près de mon Georges,
qu'il me garde bien amoureusement dans ses
bras, et caresser ses moustaches qui me plai-
sent, et baiser ses yeux que j'aime. Puis mon
Georges laissera sa petite Zette dormir, n'est-ce
pas? Ce sera bon de reposer ainsi dans les

bras l'un de l'autre. Ecoute, tu me diras aussi beaucoup, beaucoup de choses pour que nous en gardions le souvenir bien longtemps.

Au revoir, mon Georges (mien), je t'embrasse bien tendrement.

Ta Zizette.

15 mars.

Maman dort... Oui, je suis seule... je puis lui écrire... je n'entends plus rien. Ma pauvre mère!... Si elle allait mourir... Georges va partir ; il attend une lettre... et... j'ai bien sommeil.

Mon Georges chéri,

Maman est malade ; nous avons failli la perdre ; j'ai bien du chagrin. Excuse-moi, réponds-moi pour me consoler.

Je te quitte pour veiller ma pauvre maman qui s'était assoupie pendant que j'écrivais.

8*

Voilà la deuxième nuit que je la veille. Combien j'aurais désiré et préféré surtout la voir en bonne santé et pouvoir aller à Marseille, aider mon Georges à ses préparatifs de départ. Mon Georges bien aimé, ta petite Zette est bien malheureuse.

17 mars.

MON GEORGES CHÉRI,

Quelques lignes seulement pour te remercier de ta bonne lettre. Maman est un peu mieux et je suis bien contente. J'aurais bien voulu pouvoir partir et aller embrasser mon Georges.

Je te quitte en te disant malgré tout : Au revoir. Il faut que je veille maman encore cette nuit et je vais la rejoindre en pensant un peu, beaucoup à mon Georges. Je m'imaginerai être auprès de toi à Marseille et je rêverai que tu m'aimes bien.

Si je ne puis te voir, je te souhaite un bon

voyage et je t'embrasse de toute la force de mon âme.

Ta petite Zette qui t'aime bien.

20 mars.

Un télégramme... ce soir il sera ici. Oh !... Plusieurs jours... à lui !... Quel rêve !...

24 mars.

MON GEORGES ADORÉ,

Quel bonheur ! J'ai ta lettre ; je l'ai lue et relue vingt fois déjà ; je l'ai froissée sous mes baisers. C'est à midi que je l'ai eue. En sortant quelques minutes avant le dîner pour t'envoyer la mienne, je me suis dit que peut-être la tienne était arrivée.

Si j'allais à la poste : vite je suis au guichet, haletante. Personne ! Je donne les initiales à une employée distraite par son voisin. Si dans sa préoccupation elle ne voyait pas ta lettre.

J'étais inquiète et fâchée de voir cette sotte faire passer machinalement entre ses doigts des lettres de toutes formes et de toutes nuances.

Déjà je formais le projet de la prier de recommencer ou de revenir aussitôt après le dîner, quand ta lettre sort l'avant-dernière du paquet.

Il est tard, en deux enjambées je suis chez moi et une minute avant mon père, — c'est ce que je voulais.

Comme nous devons partir pour la campagne, je ne sortirai pas aujourd'hui.

Tout comme toi, mon chéri, j'ai vivement regretté de n'avoir pu t'embrasser à la gare, mais aurais-je été moins triste ? J'aurais eu moins d'énergie pour retenir mes larmes et la douleur eût été la même.

Pourquoi n'être pas libre ? Vraiment la vie est par trop triste, et quelques heures de bonheur laissent à leur suite un vide que le souvenir ne peut combler.

Te voilà maintenant bien loin de Zette. Si tu savais comme cela me fait de la peine et ce que

je donnerais pour que tu fusses encore à Marseille.

Dimanche, 5 heures.

Qu'il fait beau et bon ici ! Quelle radieuse journée ! Tout sent bon.

Les oiseaux chantent, et, transportée de joie de les entendre j'ai voulu faire comme eux, j'ai chanté, mais pas longtemps. Les oiseaux ont alors redoublé d'entrain, vexés peut-être de m'entendre faire chorus avec eux, aujourd'hui que ma voix s'est presque envolée.

J'ai chanté aussi pour te faire plaisir, m'imaginant que tu étais à m'écouter et qu'un long et bon baiser serait ma récompense.

A présent, plus que jamais, je suis désolée d'avoir éraillé ma voix, par ma faute, par désœuvrement. Enfin je m'y remettrai au plus tôt ; espérons que j'obtiendrai un résultat passable et surtout que tu seras indulgent pour ta Zizette.

J'aurais voulu apporter un peu de musique ici, à la campagne, et revoir, durant ces deux jours de fête, quelques romances qui t'auraient fait plaisir. Hélas ! j'ai tout oublié ! et j'aurais pu travailler dans cette solitude où seul tu me manques.

Si tu savais, mon Georges chéri, comme il ferait bon se promener avec toi, à l'ombre de ces grands pins et des chênes verts. Toute la colline est en fleurs. Je serais heureuse de pouvoir t'envoyer une énorme gerbe sauvage après l'avoir chargée de baisers pour toi.

Il y a aussi sur une colline, en dehors de la propriété, un vrai champ de violettes sauvages ; petite sœur partie depuis une heure revient à l'instant avec un panier de paysanne plein jusqu'aux bords.

C'est si frais et odorant cet amas de violettes qu'une envie vous prend de les baiser à pleine bouche.

Je compte les jours, les heures qui me séparent du moment où j'aurai ta lettre. Tu sauras me dire le jour de ton arrivée que j'attends fiévreusement.

Oh! que nous allons être heureux, Georges, dans notre chambre! Cette longue, trop longue absence va être oubliée dans nos baisers pleins d'amour.

A demain la continuation de ma causerie, c'est presque du bavardage ; heureusement je ne crains point de t'ennuyer, puisque tu me demandes de t'écrire longuement.

J'ose croire que tu seras content de moi, et que tu me récompenseras gentiment comme tu sais le faire quand tu veux, pour me rendre bien heureuse.

A toi, mon Georges, entièrement à toi et mes lèvres sur les tiennes.

                                        ZIZETTE.

MON GEORGES,

Je suis brisée par ce grand air auquel je n'étais plus habituée. Tout de même les cent mille francs que nous avons gagnés sont arrivés au bon moment. Oh ! la bienheureuse obligation !

Hier lundi s'est passé en flânerie, c'est-à-dire sans t'avoir écrit. Mais combien j'ai rêvé de toi. Tantôt couchée sous un arbre et tantôt arpentant les chemins pleins de broussailles de la colline pour me réchauffer... car il faisait froid, ta pensée ne m'a pas quittée.

Je t'avouerai même qu'il m'a été impossible de lire et c'est toi, adorable méchant, qui seul en es la cause.

Ah ! comme je me vengerai ! Viens vite et tu verras.

Est-ce bien vrai, dis, que tu as laissé un peu de ton cœur ici, je voudrais bien te l'entendre dire dans un baiser bien long, bien doux.

Je te remercie de tes cheveux. Il m'a semblé en les voyant que c'était un peu de mon Georges qui arrivait, et je vais les regarder souvent, va, moi qui aime tant les caresser un

9

peu ces cheveux et surtout tes moustaches.

Maintenant que nous sommes presque riches je pourrai voyager un peu ; mon oncle demeurera à Marseille... j'irai le voir... pour toi !...

Au revoir, mon Georges, écris-moi longuement ; mille baisers sur tes lèvres adorées de ta

ZIZETTE.

27 mars.

Au lieu d'écrire mes réflexions sur ses lettres, je vais les recopier en partie dans mon journal. Commençons par sa dernière lettre. Les principaux passages seulement... d'ailleurs comme je conserve tout, je relirai les lettres elles-mêmes quand je voudrai retrouver quelque chose.

« Déjà évaporée cette folle envie d'apprendre l'anglais, déjà subtilisé ce désir si ardent d'étudier ! Je te pardonne un peu puisque tu n'abandonnes pas tout et que tu veux savoir l'espagnol. C'est une excellente idée, mais qu'elle ne demeure pas à l'état de projet.

« Quand tu seras assez avancée, nous causerons tous deux dans cette langue, si harmonieuse et si douce, la seule, à mon avis, qui exprime l'amour, la seule par laquelle on exhale son âme.

« Tu y prendras goût en voyant combien elle est belle. Avec ton oncle tu travailleras, tandis qu'avec moi... crois-tu que nous n'interromprions pas trop souvent les leçons?

« Hier matin, à sept heures, j'ai pris tout seul le train pour aller dans l'ouest de Lyon, à une quinzaine de kilomètres.

« Çà et là des arbres, des arbustes. Le ciel était bleu, sans un nuage, comme en Provence, l'air tiède, presque sans une brise. Au pied des buissons j'ai vu de nombreux lézards, des « larmises » que j'effrayais sans doute, car elles couraient, essoufflées, se cacher derrière

des brins d'herbe ou de menues branches
d'arbres.

« J'ai même vu deux larmises qui s'aimaient,
tendrement enlacées. L'une (*lui sans doute*)
était verte, avec comme de petites. écailles
d'or sur le dos, des yeux bruns, elle tenait
l'autre entre ses petites pattes, presque des
mains.

« *Elle* (?) était plus petite, moins dorée et
plus brune, elle frétillait... peut-être de
plaisir !...

« Se sentant surprises, confuses elles se sont
séparées, alors je suis parti pour les laisser
s'aimer.

« Tout était désert... une feuille séchée que
le zéphyr emportait, une pierre qui roule...
c'était tout.

« J'oubliais : dans les branches, heureux du
renouveau, les oiseaux chantaient, eux aussi,
leur chanson d'amour ; leurs trilles joyeux
égayaient les échos. J'étais triste et tout

exultait de bonheur ; quand je voulais regarder les oiseaux, dans le ciel, le soleil m'emplissait les yeux de larmes. C'était trop beau pour être tout seul. Je partis : non, je n'étais plus seul, sur la gauche de la route, des cyprès et des tombes... Amère dérision !... une minute auparavant, c'était la vie, maintenant j'étais à côté du champ des morts. »

. . . .

« Tu n'as pas vu comme c'est gai d'être à vagabonder dans l'herbe.

« En attendant de te lire, je t'embrasse bien fort... toujours... sur tes lèvres, comme quand nous étions longtemps l'un à l'autre. »

. . . .

« J'ai été sur les bords d'un petit affluent du Rhône, un ruisselet de deux mètres de largeur, l'Yseron, quelquefois plus large ou quelquefois plus étroit.

« Sais-tu ce que j'ai fait ? J'ai regardé couler l'eau ; pendant de longs moments, j'ai écouté le murmure de ce ruisseau qui courait en rapprochant ses bords gazonnés. Le glou-glou de l'eau devenait flou, fl, flou, et je songeais à Rosette.

« A ma droite une sorte de pont formé de deux ou trois planches posées sur des pierres. Au bas d'une petite route encaissée entre des talus garnis de buissons, je restais silencieux, et l'eau coulait, rapide comme un jour de bonheur. »

.   .   .   .

28 mars.

Quelle lettre ! Oh ! mon Dieu ! Fatalité !

MA PAUVRE ZETTE,

« C'est à peine si j'ai le courage de t'écrire pour t'annoncer une aussi triste nouvelle. Je souffre cruellement de te causer du chagrin, mais tu le sais comme moi, c'est bien invo-

lontaire. Je ne retourne pas à Marseille maintenant, mais peut-être irai-je de nouveau au
mois de septembre prochain.

. « Viens ici, à l'Exposition ; l'ouverture est
fixée au 29 avril. Tout est en fleurs : les arbres
ont de toutes petites feuilles, presque des
bourgeons.

« J'ai reçu tes fleurettes et le lierre. Je crois
que l'emblème du lierre est : « Je meurs où
je m'attache. » Y as-tu songé ? »

.   .   .   .

Georges, mon Georges adoré, je suis dans
un désespoir sans nom.

Comment ! ne plus te voir, ne plus recevoir
tes baisers, ne plus être pressée sur ton cœur
durant de longs instants toujours trop courts
et si vite passés !

Non, non, mille fois non, cela ne sera pas
et ne peut pas être. Je t'aime, Georges, je
t'aime, ardemment, je t'aime avec passion, je
ne puis me passer de toi, de ton affection, et

voici ce que tu vas faire pour me permettre d'aller te rejoindre. Tu vas me chercher une place chez une vieille dame, seule si c'est possible, où je rentrerai comme demoiselle de compagnie, ou bien encore chez un monsieur seul, comme gouvernante ; mais cela avant huit jours. Fais-le mettre dans les journaux ; au besoin emploie tes amis et active la chose, et, si tu veux, tu trouveras.

Tu diras que je suis musicienne, que je chante agréablement, et que je fais, dit-on, très bien la lecture. Je sais avec cela fort bien diriger une maison, travailler à la lingerie ; je puis être très utile auprès d'une personne âgée, riche et qui s'ennuierait seule. Fais cela, Georges chéri, pour toi et pour moi. Quant à ma famille, je m'arrangerai pour la quitter gentiment et de façon à pouvoir revenir auprès d'elle si tu retournes à Marseille en septembre.

Si tu ne peux trouver la place que je te demande, pour ne t'être point à charge, vois

alors s'il n'y aurait pas possibilité de vivre
avec toi durant quelques mois. Je pourrais
emporter des vêtements, du linge suffisamment
pour mon entretien ; tu n'aurais pour moi que
le coût d'une chambre et de la nourriture. Je
me passerai fort bien d'une femme de chambre
pourvu que j'aie tes baisers pour me donner
du courage. Que tu sois auprès de moi quelques
instants dans la journée, que tu m'aimes autant
que je t'aime et je sacrifie tout, tout, entends-
tu ?

J'étais trop heureuse ! mais Dieu, suis-je
donc maudite ? Qu'ai-je fait pour mériter tant
de souffrances, pour endurer cette douleur.
Devrai-je donc pleurer toujours ? Oh ! que je
voudrais mourir ! Pourquoi ai-je encore de
la religion au fond du cœur et la crainte de
Dieu ? Je me tuerais à l'instant.

C'est dans la mort que je chercherais un
soulagement à mes peines, c'est par la mort
que je ferais cesser mes larmes. C'en est trop

et il me prend envie de maudire et le ciel et la terre. Déjà tu vas te promener avec un ami et deux jeunes filles, résisteras-tu ? Est-ce possible ?

Tu es jeune, tu es beau, les tentations ne te manqueront pas, et bientôt, presque malgré toi, ta Zizette se voilera dans ton souvenir et ton cœur.

Ah ! mon rêve de la nuit dernière, comme il est vrai !

J'ai rêvé que j'étais devenue folle. Je te demandais en vain à tous les échos. Une religieuse de mon pensionnat s'approche et me dit avec pitié : « Qu'avez-vous, chère Rose ? » — « Je cherche Georges, lui dis-je, où est-il ? » Puis un homme qui était mon gardien me disait en m'accompagnant : « Mais c'est donc un monsieur que vous aimez que vous cherchez ainsi ? » Et invariablement je répondais : « C'est Georges que je veux, où est-il ? »

La pensée d'avoir bientôt des nouvelles de

ton arrivée, a, ce matin, dissipé la mauvaise impression de ce rêve et c'est à midi que je suis allée prendre ta lettre. Sûrement je ne m'attendais pas à cette triste nouvelle.

J'ai dû, pendant le dîner, me lever plusieurs fois de table pour aller pleurer en silence dans ma chambre ; les sanglots m'étouffaient.

Mais pourquoi ai-je un cœur et une âme ? Pourquoi ai-je tant besoin d'aimer puisque je dois vivre sans affection, sans amour ? Dieu est-il juste ? Oh ! que je souffre, Georges ! que je suis malheureuse ! Loin de toi quand déjà je ne pouvais plus attendre, loin de toi, qui sait pour combien de temps encore ? pour toujours peut-être, quand déjà je trouvais trop longues ces vacances de Pâques. Je m'explique ce noir pressentiment, cette envie de pleurer, la veille de ton départ, alors que j'étais dans tes bras pour la dernière fois.

J'ai tant et tant pleuré depuis que j'ai ta lettre que j'ai le visage tout bouleversé, tout enflé. Si je connaissais un remède pour me diriger cela au cœur et me tuer, je le prendrais à l'instant.

Je suis seule dans ma chambre et libre de te dire combien j'ai souffert de ton départ et combien tu me manques.

Pourquoi n'ai-je pas au moins ta photographie ? Oh ! que je l'embrasserais follement ! Je regrette de ne pas te l'avoir mieux demandée, de ne point m'être mise à tes genoux pour l'obtenir. Peut-être te serais-tu laissé fléchir et me l'aurais-tu donnée. Elle me manque, cette photographie, plus que je ne l'aurais cru, plus que tu ne t'en douteras jamais.

Que fais-tu, mon Georges adoré, pendant que je t'écris ?

L'autre soir, je m'étais arrêtée à l'église, j'ai bien prié pour ton prompt retour. Je sentais mon cœur défaillir en pensant que je ne te reverrais peut-être plus, que mes lèvres ne se poseraient plus sur les tiennes. Non, je ne pou-

vais pas croire à cette fatalité, je voulais espérer,
et si je n'étais pas maudite, bientôt, dans tes

bras, retrouver le bonheur. Quels bons baisers
je voulais... tu sais que je ne suis jamais

rassasiée ; je t'envoyais les miens plus ardents que jamais à la suite de mon cœur que tu as emporté.

Dis-moi comment tu passes ton temps et si je suis toujours présente à ta pensée.

En t'envoyant le lierre j'ai parfaitement songé à son emblème ; quant aux fleurettes, je les avais chargées de baisers pour toi et je les ai cueillies en pensant à toi, en rêvant du bonheur que nous éprouverions à nous promener seuls dans les grands bois, car, comme toi je trouve la nature trop belle quand on est seul, et je suis vexée de la voir si riante et si gaie quand on a la mort dans l'âme et le noir au cœur.

Ecris-moi vite. Dis-moi si je puis espérer ce que je te demande.

Ne fais pas attention à mon écriture, je n'y vois pas, tant mes yeux sont pleins de larmes.

Je t'embrasse comme je t'aime, je t'embrasse avec passion et délire, je t'embrasse, le désespoir dans l'âme.

Ne me fais pas d'infidélité ! si tu savais, mon Georges adoré, la souffrance que j'endure à la pensée que tu peux donner tes baisers à une autre femme ! Si tu savais la folie qui me prend quand il me semble te voir dans les bras d'une autre !... Non, ne m'en fais pas, c'est à deux genoux et les mains jointes comme on implore Dieu que je te demande cette faveur.

Ecris-moi toujours à la poste restante, je n'ai que ce moyen... J'irai tous les jours.

Mille et mille baisers encore de

Ta ZIZETTE.

30 mars.

Ecrire mon journal ! Pourquoi faire ?

Dimanche.

MON GEORGES CHÉRI,

Que je m'ennuie ! Je ne sais plus comment passer mon temps ; les journées n'ont pas de fin, les nuits sont longues et interminables.

Hier soir, je suis sortie prendre le frais sur la jetée. Il faisait une nuit superbe, l'air était très doux ; le bruit des vagues me berçait déli-

cieusement lorsqu'une barque passa : elle était montée par des musiciens, et on entendait résonner comme en un songe les harpes, les guitares et les mandolines. C'était divin ; j'aurais voulu te sentir tout près de moi, avoir ta main dans la mienne et comprendre à tes étreintes toutes les sensations de ton être. La musique, l'amour et la poésie, c'est si beau... J'aurais ainsi passé la nuit à écouter et à rêver.

Je vis dans un désœuvrement absolu et je me sens trop découragée pour secouer mon apathie.

Aujourd'hui dimanche tu es libre, tu dois t'amuser, tandis que je suis seule avec mes tristes pensées.

Oh ! que c'est lamentable en comparaison des quelques heures passées avec toi au bord de la mer. Non, je ne m'y habituerai pas et je crois, mon pauvre Georges, que te voilà condamné à entendre toujours les mêmes plaintes dans chacune de mes lettres.

J'ai reçu aujourd'hui les œufs de Pâques que tu m'as envoyés et je t'en remercie beaucoup. Je ne m'y attendais pas et ce « quelque chose » promis devait être pour moi ta photographie.

C'est le premier avril aujourd'hui : aussi la boîte dans laquelle étaient les œufs m'est arrivée dans un tel état de délabrement que j'ai eu, un moment, la pensée de la refuser. Voyons si

rien n'a été soustrait par quelque employé :
Il y avait un œuf en paille en contenant un
autre en sucre blanc orné d'un cœur, puis un
roulé dans du coton, en sucre rose, avec dessus
un pigeon et des œufs. Est-ce cela ? Ce dernier
était tout cassé, je l'ai mangé tout en regrettant
de ne pouvoir le conserver.

Tu me demandes d'aller à l'Exposition de
Lyon. Est-ce pour quelques jours ou pour y
demeurer ? Pour quelques jours seulement,
avoue que ce ne sera pas gai de me séparer de
nouveau de toi. Je trouvais bien plus simple
et je trouve encore tout naturel de me chercher
une place comme je t'ai dit.

Je renonce à la proposition que je t'ai faite :
celle de rester dans une chambre à t'attendre.
Certes, je ne craindrais pas de m'y ennuyer,
l'espérance me tenant lieu de société, mais
outre que je ne veux pas être à ta charge, mes
parents, après ma fugue, sauraient tôt ou tard
où je me trouve. Ma conduite découverte ne

serait pas plus flatteuse pour eux qu'elle ne le
serait pour moi et je m'exposerais à des re-
reproches mérités et vexants, tandis qu'étant
placée, on me traitera de capricieuse, de
toquée, etc. et tout sera dit. Quand je voudrai
de nouveau rentrer chez moi, je trouverai ma
chambrette prête à me recevoir.

Pourtant si tu crois que je sois un obstacle
à ton avenir, n'en parlons plus ; ta petite femme
a des yeux pour pleurer, c'est ce qu'elle fera
en attendant mieux d'un destin trop cruel pour
elle. Tu sais ma devise : « Tout ou rien. » En
me voyant aussi rarement que tu le proposes,
tu ne m'oublieras pas, je veux bien le croire,
mais... Oh! je ne veux pas y penser, je de-
viendrais folle de rage et de douleur.

Pourquoi ce lien tant souhaité n'existe-t-il
pas ? Pourquoi n'avons-nous pas un enfant ?
J'en serais si fière.

Je t'en prie, mon Georges, cherche-moi la
place que je te demande et ne t'inquiète pas

de mon indépendance perdue. Mais on dirait vraiment que chacun se donne le mot d'ordre pour répéter à l'envi que je suis incapable de me soumettre à qui que ce soit. Au fait, c'est peut-être vrai, mais, guidée par l'affection et l'amour, j'accomplirai tous les sacrifices.

Adresse-toi à un prêtre quelconque qui, bien vite, saura te renseigner, et à mes parents je dirai qu'il m'est impossible de vivre éternellement de cette monotone existence et qu'il me faut changer un peu.

Plains-toi de mes lettres, mignon chéri; tu ne m'écris pas si longuement, toi, et je me demande si tu pourrais me dire bien en détail ce que tu as fait aujourd'hui dimanche.

Ecris-moi bien vite, mon Georges adoré, et reçois mes baisers affectueux sur ta bouche aimée.

Ta ZIZETTE.

3 avril.

« Ma Zizette,

« Tu me demandes de m'occuper de toi pour un emploi de gouvernante ou de demoiselle de compagnie. Je ne refuse pas, mais il serait préférable pour toi et pour moi que tu fusses demoiselle de compagnie ou institutrice plutôt que gouvernante, c'est plus « relevé », et tu gagnerais davantage.

« Quoique tu aies tes brevets tu m'as objecté que tu ne te rappelais pas beaucoup de choses... qu'importe ! Sois bien persuadée de ce que je t'ai déjà dit, c'est que l'on n'apprend pas aux autres ce que l'on sait, mais ce que l'on ne sait pas. Si tu avais étudié la philosophie, tu méditerais ce mot de Socrate venant de converser avec un de ses disciples : « Que de choses ce jeune homme me fait dire auxquelles je n'ai jamais songé ! »

« D'ailleurs, ne suis-je pas là pour t'aider

10

si la tâche te paraît difficile et te donner au besoin quelques conseils.

« Je connais une institutrice qui donne des leçons de latin sans jamais l'avoir étudié.

« Tu vis dans le désœuvrement !... Et l'anglais !... et l'espagnol !... vont-il aller où sont les neiges d'antan.

« Ici, je me sens vieillir : je suis mécontent de tout : je n'ai pas une minute à moi et je n'ai pas assez de temps.

« Comme on vient fermer ma fenêtre la nuit, je dors d'un sommeil lourd, et le matin, je ne suis pas léger et dispos comme je l'étais à Marseille.

« Tu veux savoir à quoi j'emploie mon temps... je vais te le dire : L'autre jour je passais dans une rue de la banlieue. Une eau noirâtre stagnait dans le ruisseau boueux ; ça et là, le long des trottoirs éventrés, des petits tas d'immondices puantes séchaient, dévorés par des essaims bourdonnants de

mauvaises mouches, bleues ou grises, se dis-
putant la pourriture. Au milieu de la chaussée
un grand omnibus jaune courait dans un
nuage de poussière. Des enfants, sales et dé-
guenillés, les chaussures crevées, sautaient,
jouaient, et, reniflant, s'essuyaient le nez avec
la manche de leur habit. Les femmes des
boutiquiers, assises sur le pas des portes, en
camisole et en jupe d'indienne, voisinaient,
épluchant des légumes, les coudes aux genoux
sur leur tablier de toile, profitant des premières
caresses d'un soleil de printemps.

« Dans une misérable masure, au rez-de-
chaussée plus bas que le niveau de la rue, on
s'introduisait en descendant deux ou trois
marches usées : un pauvre diable, la barbe
inculte, décousait, avec une lame de couteau, -
de vieilles nippes. C'était un marchand de
bric-à-brac.

« Au fond de la chambre servant de ma-
gasin, une échelle conduisait au premier et

unique étage par une plaie carrée ouverte
dans le plafond. Contre les murs, autrefois
blanchis à la chaux, une mousse verte alternait
avec les toiles d'araignées en guise de tapis-
serie.

« Il y avait de tout dans ce réduit : dans une
grande boîte à sardines des vieux sous, des
médailles ; plus loin des gourmettes, des épe-
rons, des chaînes, des clous rouillés, une
sorte de caisse qui avait dû être un violon.
Quelques chaises trouées supportaient des
vêtements de velours à grosses côtes, usés,
rapiécés. Des poulies tordues, de la vaisselle
dépareillée, des souliers jadis vernis, des bottes
éculées, avaient été jetés pêle-mêle à côté de
mille autres objets. C'était un désordre sans
nom.

« Un tableau sans cadre dont la peinture
disparaissait presque sous une crasse de fumée,
de poussière et de moisissure représentait un
avare comptant son trésor. Moins sale, cette

toile aurait eu peut-être quelque valeur.

« Dans un fouillis d'étoffes, au milieu des blouses bleues, des jaquettes cirées, des chapeaux de soie, je distinguai un linge de batiste blanc, finement brodé, ajouré. Je tirai cela : c'était un pantalon de femme, avec aux genoux des rubans de soie rose. Quoique terni il était presque neuf et avait dû coûter au moins six à sept louis. Je demandai le prix : — Cinquante sous, — me répondit le marchand. Comme curiosité, pour te le montrer, j'achetai ce pantalon. Ce devait être quelque débris d'une célébrité de la galanterie, échoué là, au hasard des besoins de la vie.

« J'avais payé avec une pièce d'or : le marchand, n'ayant pas de quoi me rendre, avait envoyé sa femme chercher de la monnaie.

« La marmaille ébouriffée s'était approchée de moi, regardant avec un étonnement mêlé de respect le monsieur qui payait avec de l'or un pantalon blanc *pas cousu.*

« A l'angle d'une table boiteuse, une loupe, dans un cercle de cuivre, avait été placée sur un plat ébréché.

« En montrant cette loupe je demandai à l'un des enfants s'il savait ce que c'était.

« — Je sais pas, M'sieu, ce que c'est que ce rond de verre avec de l'or autour.

« — Ce rond de verre, leur expliquai-je, s'appelle une loupe ; ça sert à faire voir les choses plus grosses qu'elles ne sont.

« — Ah ! firent-ils, étonnés.

« Je pris la loupe et la mis au-dessus d'un linge sur lequel j'avais vu quelque chose qui courait, une petite bête, et je leur dis de regarder.

« L'un d'eux cria : « Oh ! p'pa, c'est un pou... viens voir comme il est gros... il est jaune... il est pas à moi... les miens sont blancs !... »

« Voilà à quoi Georges a passé son temps. »

.   .   .   .

Mercredi.

MON CHER GEORGES,

Dix heures sonnent et je rentre à peine dans ma chambre. La conversation s'est prolongée à table quand j'aurais voulu te consacrer ma soirée entière. N'importe, je ne me coucherai pas sans t'envoyer mes pensées et mes baisers, sans te dire combien je languis de te voir, d'être à toi.

Depuis qu'une partie de notre fortune nous est revenue je n'ai plus les mêmes idées, pourquoi, dis?

Il fait chaud déjà et ce beau soleil que tu adores fait mon désespoir. Je voudrais un temps doux.

Merci mille fois, mon Georges, de me rester fidèle, merci encore : tu ne comprendras jamais ce que je souffre dans la crainte du contraire et... ce que je suis heureuse des preuves que tu me donnes dans ta lettre.

Quand tu me dis que tu t'ennuies, eh bien, je suis contente. Egoïste, ta petite Zette, n'est-ce pas ? Mais que veux-tu ! On ne commande pas à son cœur.

L'œuf de paille que tu m'as envoyé était intact ; j'ai voulu détacher *ton cœur* qui était sur l'œuf en sucre. Hélas !... il s'est brisé sous mes doigts ; j'en suis restée toute... bête.

Je crois bien qu'il était en plâtre de même que le pigeon et les œufs de l'autre œuf rose.

Oh ! que je suis contente de te savoir toujours à moi ; je voudrais t'embrasser follement, te rendre heureux parmi les heureux. Hélas ! nous sommes si loin l'un de l'autre.

Avant de cacheter tes lettres, sais-tu ce que tu feras, mignon chéri ? Eh bien, tu poseras tes lèvres sur le haut de la première page, sur « ma Zizette » et c'est là que je poserai les miennes dans un long baiser. Veux-tu ?

Tu peux faire provision de baisers et me les garder tous ; jamais il n'y en aura assez.

Si je ne te vois que pour la Pentecôte, sais-
tu bien que cela fera deux mois, c'est-à-dire
deux siècles pour moi, Monsieur, et vous n'avez
pas l'air d'y penser.

Deux mois ! non, ça ne peut pas entrer dans
ma tête. Deux mois ! si je pouvais m'endormir
et ne me réveiller qu'au moment venu, patience!
mais deux mois d'attente, après être restée
plusieurs jours avec toi !

Autrefois je voulais être pour toi une amie
fidèle, celle qu'on aime d'un amour sincère et
profond et qui laisse dans la vie comme un souvenir exquis... maintenant cela ne me suffit
plus, je te... veux.

Ecris-moi longuement, mon Georges, tu ne
saurais croire combien tes lettres me font
plaisir. Le soir, je me couche, puis je prends
ta lettre, je la lis et la relis, et je m'endors en
pensant à toi, en faisant quelquefois un beau,
trop beau rêve... irréalisable, et, le matin à
mon réveil, la première chose qui frappe mes

regards, c'est ta lettre ouverte sur ma table.
Je la reprends et j'en recommence la lecture...
Oh ! que ne t'ai-je alors auprès de moi !...

En attendant tes baisers, je t'envoie les miens
bien affectueux,

Ta Zizette qui t'aime.

. . . .

8 avril.

De jolis passages dans sa lettre : « Je ne sais
pourquoi, mais je n'ai jamais autant que maintenant aimé la verdure ; ce vert tendre des
jeunes feuilles me fait du bien au cœur, me
rajeunit ; j'éprouve une grande jouissance à
contempler l'éclosion d'une fleur... Je n'ai que
cela... J'aime le soleil, je suis heureux de sa
caresse... de m'en sentir tout enveloppé...

Si tu savais comme je m'ennuie ! Je m'ennuie
désespérément, je m'ennuie à en mourir...
cela me crève le cœur. Je me sens vieillir. Cet

ennui me ronge, je ne devrais pas être ainsi :

je travaille du matin au soir, et je suis triste
à en pleurer.

« J'aimerais être consolé... être... je ne sais
pas quoi... mais il me semble que si quelqu'un
partageait ma peine je souffrirais moins.

« J'éprouve une lassitude physique et morale
qui me tue. Ce qui me rend heureux, c'est la
nature : Je passe de longs instants à regarder
une goutte de rosée, perle brillante sur un
brin d'herbe. La verdure fraîche, tendre, adoucit
mon chagrin, c'est pour moi presque un sourire.

« Il y a des moments où je songe à me retirer
du monde, à me faire religieux, missionnaire...
puis d'autres où je me dis qu'il y a peut-être
encore pour moi de bons moments et qu'il
faut en profiter.

Cette nuit j'ai rêvé que tu venais de bien
loin, nous étions ensemble, brisés l'un et
l'autre. Tu étais comme je t'aime... tu bon-
dissais comme une petite chèvre, et... les

yeux voilés, tu gémissais : « Encore... en
core. »

. . . .

9 avril.

Mon Georges,

Je suis désolée de ta lettre. Comment ! tu
t'ennuies à ce point ! Pauvre chéri ! Et ta Zizette
n'est pas là pour te consoler !

Depuis deux jours je rumine dans ma tête
un projet qui me permette d'aller passer
quelques heures avec toi.

Je suis allée chez mon oncle ce matin, j'ai
fait de la musique au moins pendant une heure ;
j'ai chanté Carmen de ma plus belle voix...
éraillée et j'ai bien pensé à toi, m'imaginant
que tu m'entendais.

Pour bien répondre à ta lettre, je vais te
parler de cette nature que tu aimes tant et que
tu admires depuis que tu es triste. Par con-

11

traste, je ne l'aime pas quand j'ai le noir dans l'âme. Comme tu m'as dit une fois, c'est trop beau pour être seul.

Ce que je voudrais aujourd'hui, c'est la vie, l'agitation, le mouvement continuel ; cela seul, bien souvent, m'empêcherait de pleurer et, si je reste tranquillement dans ma chambre, c'est pour toi, par amour pour toi. Je croirais te faire injure en agissant autrement. Je préfère m'abstenir... vivre de souvenirs et d'espérance.

J'ose croire que nous aurons encore de bons moments, et que les doux baisers que tu me donneras et que je te rendrai avec usure effaceront cette peine mutuelle que nous ressentons. Le réveil après le cauchemar... n'est-ce pas, mignon adoré ? Oh ! que je vais t'aimer quand, de nouveau, je serai dans tes bras ! Quelle ivresse après cette longue absence !

Nous avons eu, ces jours, la visite d'un peintre, entre deux âges... petit, correct, grand rêveur et admirateur de notre mer.

Il m'a trouvée gentille et a demandé si j'étais de la Provence... tu vois, toi qui te moques toujours de moi ! Puis il m'a dit que j'avais des yeux de la couleur du ciel. Ah ! tu vas être jaloux !

Sois sans crainte, mon Georges, ta Zizette est à toi et rien qu'à toi.

Le peintre veut retourner à Paris, disant que son hôtel se détériorera s'il reste plus longtemps fermé et inhabité. Le principal motif... d'après ce que j'ai cru comprendre, serait le désir de revoir son *modèle !!!* Il a une fort mauvaise santé, par la faute du *modèle*, et sa mère voudrait prolonger son séjour dans le Midi, par crainte du *modèle* !!! C'est le cours de la vie. Les mamans ne changeront rien puisque Dieu le veut ainsi.

Je te quitte avec regret, mon Georges adoré : il m'est si doux de causer avec toi, mais espérons que bientôt je serai dans tes bras, pour quelques heures qui, hélas! seront bien courtes,

Ta ZETTE qui t'embrasse follement.

12 avril.

MON GEORGES BIEN-AIMÉ,

Zette est heureuse aujourd'hui de ta longue lettre.

Quand, l'ayant terminée, j'ai relevé la tête, j'étais loin dans un charmant petit sentier bordé d'un côté par des rives fleuries et de l'autre par un épais rideau de feuillage... Les oiseaux chantaient... comme mon cœur... J'étais heureuse au-delà de tout rêve... et, baissant les yeux, j'aperçus une mignonne petite marguerite, jolie mais triste parce qu'elle était toute seule loin des autres fleurs. Elle semblait me dire de son œil encore humide de rosée : « Vois combien je languis... là, seulette. ... Cueille-moi. Au moins j'éviterai la triste mort qu'un

pied profane me donnerait sûrement ou celle
plus triste encore de me dessécher d'ennui.
Tu veux envoyer tous les baisers de ton cœur
à celui dont les paroles te rendent si heureuse.
Eh bien, je les lui porterai, moi, et, va, bien
mieux que ne pourra le faire une feuille de
papier et les mots si froids que tu vas tracer
dessus. Seulement, pour prix de ma course, tu
lui diras qu'il me donne un baiser rien que pour
moi et qu'il me garde toujours. »

Charmée de ces paroles que je croyais entendre, je me suis souvenue de celles du
poète : « La fleur est un mot d'amour entre la
nature et l'homme. Si vous êtes absent elle
porte à qui vous aime votre baiser dans son
sein ; si vous êtes présent, elle dit bien ce
qu'une parole dirait mal. » J'ai baisé les
pétales blancs de la marguerite... mais ne te
l'ai pas envoyée.

C'eût été trop Berquin, trop Florian, pas
fin de siècle du tout ce que j'aurais fait là, et

Georges, Georges, peut-être aurais-tu souri de
mon enfantillage...

Tiens, lis mes vers :

COMPARAISON

I

Mon cœur se balance
Sur une espérance
  Comme l'oiseau
  Sur un roseau.

II

Si le roseau casse,
L'oiseau, pour l'espace
  Quitte sans peur
  L'appui trompeur.

III

Mais si l'espérance
Vient, sans que j'y pense,
  A fuir un jour
  Avec l'amour

IV

Mon cœur n'a pas d'aile
Comme une hirondelle
Il tombera
Il se tûra.

Mon cœur te dit merci pour la charmante intention de l'envoi de tes violettes ; c'était si fin et si joli. Le postier en a souri en me les remettant, et sa pensée devrait être que nous étions deux amoureux sans doute, ce en quoi il ne se trompait guère... ce qui m'a fait rougir. Mais, qu'avons-nous à faire des autres ? J'ai trouvé que la pensée de Georges avait été une délicate attention et tu ne saurais croire le plaisir que cela m'a fait.

Dis, mon Georges, à quoi t'occupes-tu, le soir ? Si tu étais ici, et s'il m'était possible, je viendrais souvent travailler avec toi. Je te dirais mes pensées en tout, mais je ne te laisserais pas abattre par le découragement, je te consolerais, tu reprendrais confiance.

Je languis bien de te voir. Je pense à toi toujours, sais-tu ?

Le soir, je trouverais si doux de m'endormir auprès de toi, sous tes baisers... Je ne sais pas, mais si, le soir, je veux m'endormir en rêvant de toi, je ne puis pas ; il me semble que tu es auprès de moi et je te cherche : cela m'énerve ; je voudrais t'entendre me dire que tu aimes bien ta petite Zette et me sentir pressée sur ton cœur.

Quoi ! le chagrin te fait maigrir. Non, ne sois plus triste, tu es bien comme tu es et je l'aime ainsi.

Moi, je ne me pèse que rarement, j'ai seulement constaté en allant au bain aujourd'hui que j'avais un peu grossi, je suis mieux formée de hanches. Oh ! mais que vais-je te dire là, maintenant ? Je m'imaginais parler à moi-même puis tiens... c'est vrai, ne suis-je pas ta petite femme et ne

dois-je pas faire part de tout à mon petit
mari chéri ?

Je languis d'aller me promener avec toi,
loin, bien loin de tout le monde, en une de ces
îles solitaires où tu me dis qu'on est si bien
à deux. Je prendrai ton bras et allons nous
avoir des choses à nous dire et des baisers à
nous donner ! Il y a si longtemps que nous
en sommes privés.

Mon Georges adoré, j'ai une grosse, bien
grosse faute à t'avouer et c'est entre deux
baisers que je te demande mon pardon. Eh
bien ! j'ai... je n'ose pas !... enfin... je prends
mon courage à deux mains, j'ai... j'ai fumé
encore une cigarette. J'en suis désolée, mais
j'ai une excuse : c'était pour écrire une en-
nuyeuse lettre à une vieille dame. Ça ne venait
pas, tu comprends, et rien ne vaut une cigarette pour me dégager l'esprit.

Tu me pardonnes, n'est-ce pas, chéri ? Je
te le demande bien gentiment, mes bras à ton

11.

cou, et mes lèvres sur les tiennes.. Tu ne peux pas refuser.

Tu m'apprendras comment on les fait, tu sais, ces longs baisers d'amour comme tu m'en envoies un dans ta lettre. Je l'ai senti celui-là ; il a fait vibrer toutes les fibres de mon être tant il m'a paru passionné et sincère. Aussi je t'en renvoie un autre bien doux et... brûlant de

Ta petite Zette.

MON GEORGES,

Ta Zizette commence à trouver le temps long loin de toi. Oh ! que je languis ! Combien je désire t'embrasser ! C'est au point qu'aujourd'hui, chez Mme W... ou je suis allée, sur sa prière, avec maman et ma sœur, je me suis oubliée plusieurs fois, au point de ne rien entendre de ce qui se disait, pour rêver de toi, penser à toi, te voir en imagination.

Rien ne me distrait et ne m'amuse. Et dire que demain c'est encore dimanche ! Quel triste jour ! Ce beau temps, le carillon des cloches, les bandes joyeuses qui s'en vont en chantant, tout me fait mal et m'attriste.

Ta lettre n'est pas gaie. Tu ne peux donc parvenir à chasser les papillons noirs qui effleurent de leurs ailes toutes tes pensées. Voyons, qu'as-tu fait de ta volonté ? Vas-tu te laisser aller à la désespérance ? Zette qui est ton amie ne le permet pas.

Ah ! si j'étais auprès de toi ! Je ne voudrais pas voir ton front soucieux une seule minute ; cela te fait du mal au moral et au physique. Je te consolerais, je me mettrais tout près de toi, en une caressante étreinte et je ne voudrais plus voir en tes yeux que tendresse et amour. Je te conseillerais, partagerais tes peines, mettrais du courage en ton cœur et tu verrais que Zette serait l'amie sincère et dévouée de tous les instants, et je suis persuadée que tu travaillerais mieux et plus volontiers.

Merci, mon Georges, de ta photographie. Elle est enfin arrivée après tant de promesses. Oui, c'est bien toi. Elle est devant moi pendant que je t'écris et de temps en temps je m'arrête pour la regarder. Je voudrais te voir me sourire ; tu es bien. Ton front est celui d'un intelligent, ta moustache me donne une envie folle de la friser entre mes doigts, et tes lèvres m'ont fait frissonner à la pensée des caresses qu'elles m'ont faites... un enfantillage de Zette. Maintenant je te connais mieux, et je t'aime davantage.

Il y a des soirs où je voudrais être près de toi et me sentir broyée sous tes caresses ; à d'autres moments je désirerais seulement tes baisers bien doux et bien tendres.

Reçois les meilleures caresses de

Ta petite femme.

Mon Georges,

Que peux-tu bien penser de mon silence ?
Déjà, avoue-le, tu as eu de fort mauvaises
idées. Eh bien, tu as tort. Ta Zette pense à toi
toujours et elle sera bientôt dans tes bras.

Je t'embrasse bien fort,

Ta Zizette.

. . . .

« Je t'écris chez un ami. Il vient de me lire et
commenter un article de journal, — de ce fin
et subtil Hugues Le Roux qui dépeint avec tant
d'art les masculines et si diverses façons
d'aimer — d'une voix enrouée par le rhume
qui comprime, malgré sa bonne volonté,
l'essor trop abondant de ses pensées.

« Il s'extasie particulièrement sur cette
phrase : « Le devoir conjugal, voilà la livrée
dont ils ont fini par affubler ce divin désir que
les hommes ont longtemps adoré comme
l'auteur des choses, et qui continue de gou-

verner occultement le monde après que l'hypocrisie publique a renversé ses autels.

« Lui aussi se propose de s'écrier devant
l'Eternel, au jour de la suprême comparution
dans la vallée de Josaphat, résumant ainsi sa
vie de libre épicurien, indulgent aux hommes,
clément à toutes leurs faiblesses : « Père, me
« voici tel que tu m'as créé. Je n'ai pas imité
« l'orgueil de ceux qui prétendent à faire ton
« œuvre plus parfaite. J'ai pris les instincts que
« tu m'avais donnés pour règle de ma conduite.
« J'ai cru qu'en leur obéissant je vivrais en har-
« monie avec le monde. J'ai mêlé mon désir au
« désir universel. C'est lui, à l'heure présente,
« qui me met en face de ta Majesté. Père, je l'en-
« visage avec confiance, car, sans bégaiement
« de prières, je t'ai honoré sur la terre par l'acte
« qui est pieux entre tous : par la joie de vivre. »

Il achève cette citation avec un voluptueux
sourire qui ne laisse aucun doute sur sa con-
viction intime. Ce mot de « désir universel »

lui fait entrevoir par delà la tombe un paradis où il retrouvera, belles d'une beauté que la
vie ne flétrira plus, les femmes qu'il avait ca-
ressées du regard sur la terre, et qui, disparues avant qu'il ait pu les étreindre, lui avaient
laissé l'âme chargée de tous ces vains désirs...

Mon ami me dit souvent que s'il avait l'âme
capable de foi, le dogme consolant de la résur-
rection des corps au jour du jugement dernier
le rendrait croyant. Il songe en effet chaque
jour, avec tristesse, que certaines jeunes
femmes dont Dieu a su faire de si belles créa-
tures seront un jour déchues de leur beauté
par le temps implacable et qu'enfin la mort les
ravira pour jamais à l'admiration des
hommes...

« Chère Zette, n'est-ce pas le même regret que
j'ai cru lire dans tes yeux le soir où nous étions
ensemble; la mer soufflait, furieuse, contre les
rochers, et les étreignait de baisers de fauve,
de baisers pleins d'écume ; l'amante se brisait,

soufflait... c'est un baiser passionné comme
ceux-là que je t'envoie.

. . . .

MON MIEN ADORÉ,

Tu me demandes dans un passage de ta
lettre comment je comprends l'amour. Ne l'as-
tu pas senti à mes caresses, à mes baisers, à
mes paroles de tendresse ? Je n'en doute pas,
mais tu aimes les analyses de sentiment, et
rien ne te réjouit comme de lire dans les âmes,

surtout dans les âmes de femme. Sois donc sa-
tisfait : Je te dirai, non pas comment j'entends
l'amour, mais, hélas, comment je le rêve !

Devant la fragilité des amours qui passent
si vite en laissant au cœur inapaisé un nouveau et plus âpre désir comme aux lèvres
encore ardentes un insuffisant breuvage, devant
cette mort lamentable des sentiments humains
et du vide affreux qu'ils laissent en disparais-
sant, je me suis dit souvent : Pourquoi l'amour
a-t-il besoin de la jeunesse et de la beauté ?
Les sentiments devraient suffire et alors il vi-
vrait par l'âme, c'est-à-dire toujours et malgré
tout.

Les femmes seules — pardon, ami, de cette
franchise — sont capables de pure tendresse ;
seules elles peuvent se donner tout entières à
un autre être, parce qu'elles auront vu luire
dans son regard un rayon d'intelligence ou
s'épanouir sur le visage le plus ravagé par la
laideur un divin sourire de bonté.

Et si cet autre être souffre dans une situation malheureuse... plus il est incompris, plus il est disgracié et plus nous l'aimons. Nos cœurs de femme peuvent résister à la beauté, à l'opulence, à la puissance même ; jamais, surtout quand la victime est injustement frappée, à la disgrâce et au malheur.

Mais pourquoi tant aimer avec notre âme, quand la passion seule du plaisir existe chez l'homme ? Ah ! quels vilains égoïstes vous êtes ! — tu es — je te le dis dans un baiser — vous répugnez d'instinct à tout sacrifice de vos désirs, même quand vous sentez que vous blessez la délicatesse d'une femme, et vous êtes toujours trop matériels, trop épris des choses passagères.

En quel cœur d'homme l'amour survivra-t-il à la déchéance dont le temps impitoyable frappe tôt ou tard toute beauté ? Comment ! t'écries-tu, railleur, que de braves gens je vois aimer encore leurs épouses après qu'elles ont passé la quarantaine ! — Soit, mais parce que ces épouses — comme tu les appelles — leur ont donné, à ces bons bourgeois, un ou plusieurs fils de leur sang, héritiers de leur nom et de leur richesse.

Mais il n'y a pas que des bourgeois ; il y a aussi de braves ouvriers. Mon Dieu ! quand on n'est pas riche et qu'on n'a pas de capital, il faut se faire des rentes avec de la chair humaine. Les bras des jeunes rejetons vigoureux travailleront pour nourrir la décrépitude des vieux corps usés de labeurs. Calcul encore et calcul égoïste !

L'homme aime toujours plus ou moins la femelle dans la femme, femelle désirable ou femelle productive, mais femelle toujours.

... Mais je m'oublie, mon Georges, et je te demande mille pardons pour dix mille caresses d'avoir dit tant d'injures au sexe auquel appartient mon bien-aimé.

Que veux-tu ! ma petite cervelle, un peu

exaltée peut-être, se révolte contre certaines
misères un peu plus qu'il ne conviendrait.
Tant pis, aime-moi comme je suis, fantasque
et révoltée.

Si je souffre de ce que les amours humaines
soient transitoires, et de ce que les hommes
s'attachent trop aux choses que le temps emporte si vite, tu sais que je mets dans la passion
une âpre frénésie qui donne, as-tu dit, à mes
baisers une saveur de morsure. Pour ces baisers et pour cette saveur aimée encore une fois
pardon.

Et si ta petite amie te déplaît ainsi.....
si je ne te plais pas en révoltée, ne me dis plus
que l'amour passe. Qu'il passe ! je le veux
bien, mais avec nous ; qu'il vive et meure avec
nous, mais, pour Dieu ! qu'il ne dure pas un
jour si nous devons en vivre deux !

Laisse-moi croire à l'amour durable et tu
auras en moi

Tout moi.

Vilain amant des choses d'un jour, je t'aime !

Ta Zizette.

12 mai.

Mon Georges chéri,

Je viens, durant un moment hélas trop court, d'avoir l'illusion de mon séjour auprès de toi. Le temps est couvert... pas de bruit, à peine quelques cris de marchands ambulants dans le lointain. Oh ! si c'était vrai encore ! Si, pendant ces instants délicieux, j'avais... Mais non, le bruit a bien vite recommencé et j'étais seule.

L'autre jour, j'étais dans ma chambre quand, tout-à-coup, j'ai cru qu'une nuée de farfadets m'emportait sur leurs ailes d'or jusqu'à la place Bellecour.

C'était une musique militaire qui me donnait cette illusion et j'étais heureuse ! Il me semblait te voir près de moi et me sourire. Oh ! que j'aurais voulu t'embrasser follement.

C'est avec plaisir que j'aime à me rappeler les quelques jours passés auprès de toi ; jamais, mon Georges, jamais je n'ai été plus heureuse. Etre à toi et te sentir à moi, entièrement à moi, corps et âme, c'est un bonheur... Oh !... Pourquoi ces heures délicieuses passent-elles avec tant de rapidité.

Mille baisers, mon Georges, de ta Zette qui t'aime et qui voudrait bien passer une heure dans tes bras.

A bientôt une longue lettre. Je languis déjà d'être sur ton cœur, aimée. Je continuerai demain.

Merci mille fois de ton bon baiser, merci sincèrement, il me rend bien heureuse et diminue l'ennui que j'éprouve de n'être plus auprès de toi. Je te le rends, empreint du plus ardent amour dont mon âme est capable.

Dans ce pays au ciel éternellement bleu, au milieu des lilas et des roses, l'ennui préside en maître... si l'on est seule.

J'ai raconté mon séjour à une amie qui
regrette de voir ses ailes attachées de par la
volonté de Monsieur le maire, un peu par
son « oui » et elle s'est vengée de son esclavage
en gémissant sur les devoirs de la vie conjugale.
Elle me trouve fort intelligente de ne m'être
point mise sous la férule d'un mari, et, c'est
avec force soupirs qu'elle dit : « Si c'était à
refaire ! » Pauvre chérie !

Cette amie, celle dont je t'ai si souvent
parlé, n'est plus la même. Je contaste avec
plaisir qu'elle a changé de vues. Ce n'est plus
la femme d'il y a quelques années, la désillusion a passé par là ; le désenchantement fait
aujourd'hui la base de ses convictions, en un
mot... elle trouve que je fais très... bien !
L'homme, dit-elle, ne comprendra jamais la
délicatesse des sentiments d'une femme...

Il serait trop long de te donner ici les
détails de notre entretien : elle est si froide
qu'il n'y a rien d'étonnant à ce qu'elle ne vive

qu'avec son âme ; mais alors comment sera-t-elle jamais comprise ? Comment s'entendrait-elle avec ton ami, par exemple ? Evidemment, le tort n'est peut-être pas tout à l'homme, mais à la nature qui l'a fait trop semblable à la bête.

Que tout passe, j'y consens, mais que les désillusions, l'ennui, le regret, ne soient pas notre partage à notre dernière heure. L'homme décore du nom d'amour toute passion d'un jour sans que son âme ressente la moindre vibration.

Je t'avoue, Georges, que je voudrais l'homme et la femme plus en rapport de sentiments, et, franchement bêtes ou alors plus élevés que nous ne le sommes, ne vivant qu'avec notre âme.

Qu'il ferait bon vivre d'amour et d'affection ! Se comprendre toujours, éprouver les mêmes sentiments, s'élever ensemble au-dessus de ce qui est bas et abject ! Utopie que tout cela !

L'hypocrisie est la base de notre vie et peut-être ton ami a-t-il mille fois raison de prendre ses instincts pour règle de sa conduite. C'est à ceux-là que l'être suprême fera probablement le moins de reproches, si toutefois nous arrivons à cette fameuse comparution, étalage du beau, du sublime et de l'idéal.

Je ne sais vraiment si Dieu s'est trompé, ou si les hommes seuls sont coupables du gâchis qui existe sur notre triste planète, mais toujours est-il qu'il y aurait bien des réformes à faire.

Voilà une lettre qui arrivera en retard, et pas par ma faute, Georges, fais-moi le plaisir de le croire.

Oh ! d'ailleurs qu'ai-je tant besoin de te jurer sur tous les tons que j'ai du plaisir à t'écrire, à te faire plaisir ?

Ne le sais-tu pas ? Ne t'ai-je pas donné déjà maintes preuves de mon amour ? Aurais-je voulu te cacher ce sentiment dominant en

12

moi, que tout te l'aurait fait comprendre ?

Parfois, j'ai du regret de m'être montrée à toi telle que je suis : j'aurais voulu me dompter un peu et... peut-être m'aimerais-tu davantage ? Non, je sais ce qui t'empêche d'aimer comme je le désire : la désillusion toujours, le souvenir du passé, la hantise de ce qui n'est plus.

Travaille bien en mon absence, Georges chéri, parce que ta Zette, quand elle retournera auprès de toi, te fera de nouveau perdre ton temps. Elle n'est pas, comme son amie, dégoûtée de tout ! ! ! Il est vrai que la faute en est à son Georges adoré, qui, tout comme son ami Emile, ne dédaigne pas certains plaisirs... mais chut !

Ta Zizette qui t'aime follement.

. . . .

Il a perdu une partie de sa fortune... il veut mourir. — Il aime à lire sur mon visage l'expression de mes pensées, à comprendre mes sentiments dans mes yeux, dans mes regards, dans mes mouvements. Il aurait tant voulu aller avec moi en Algérie, sous le ciel bleu, dans un nid plein de roses. Dans sa deuxième lettre, il a, dit-il, quelque espoir encore.

MON GEORGES,

Veux-tu que je te fasse la description de ta Zizette, à six heures du soir, au moment où elle commence à t'écrire : en pantoufles, sans corset, en robe et en blouse blanche, les cheveux épars sur les épaules.

J'aurais voulu aller avec toi à l'Exposition, voir la fête vénitienne sur le lac du Parc de la Tête d'Or. Vraiment l'effet devait être splendide dans un aussi admirable décor. Avec tes beaux yeux dans les miens et mes lèvres sur les tiennes, c'eût été préférable encore... plus féerique, idéal enfin... Et n'as-tu pas vu des

négresses dans tes rêves, la nuit. Petit fripon,
va, quand je retournerai à l'Exposition, j'irai,
moi, faire la cour aux nègres.

Mon amie a une sœur : celle-ci avait, il y a
quelques mois, un ami qui l'a quittée parce
qu'il l'aurait voulue esclave de sa volonté. Elle
n'a pas cédé, a pleuré longtemps, et sur le
conseil de sa sœur s'est réfugiée dans la religion. Moi, cela ne me suffirait pas. Ce séjour
enchanteur promis dans l'au-delà, ces brillantes
espérances sont, comme Dieu, trop imma-
tériels, et pour moi toujours, tout est vain sur
la terre sans baisers, sans affection, sans
amour.

La sœur de mon amie s'était vue épouse
honorée, aimée, et peut-être heureuse mère ;
sans la religion il ne lui reste plus que le désenchantement et le dégoût de tout, avec la
cruelle perspective de vivre comme une âme
damnée ou de tomber dans la boue comme
une fille. Voilà pourtant comment Dieu a fait

les hommes ! Les hommes seulement ? non,
les femmes aussi, tous les êtres en général. Il
est répugnant de voir les femmes se vendre,
faire commerce de leur beauté et écœurant
pour les hommes d'acheter l'amour...
l'amour... non... son fantôme.

Moi je suis allée à toi, sans savoir pourquoi,
sans te connaître, sans vouloir t'aimer...
puis... les circonstances...

Tu es bien comme homme, certes, ce n'est
pas un défaut, mais ce n'est pas ce que j'aime
le plus en toi. Si tu n'avais pas du tact, de la
délicatesse, si tu n'avais pas été bon et affectueux pour moi, tes jolis yeux et ta fière
moustache n'auraient certainement pas suffi à
mon bonheur. C'est de la prétention peut-être,
mais ce que je cherche, moi, ce que j'appelle
« amour » c'est la possession de l'âme, c'est
l'affection sans hypocrisie autant après l'acte
qui, forcément, naît des baisers... et par ordre
de la nature... oui, s'aimer *après* comme *avant*.

12*

Je me rappelle nos premières lettres, notre première entrevue et la première fois que je me suis donnée à toi. Qu'ils sont loin ces souvenirs ! Ceux de mon séjour à Lyon sont préférables. Ah ! ceux-là, Georges, sont inoubliables. Tu as été gentil, aimant, et tes baisers qui, comme depuis longtemps déjà, me rendaient follement heureuse, avaient une saveur toute particulière.

« Quel goût? » me dirais-tu, si tu étais auprès de moi. Il me semble t'entendre.

Me restes-tu fidèle ? Mignon chéri, c'est avec un ardent amour dans le cœur et mes lèvres sur les tiennes que je t'en prie, que je te le demande. Ne te laisse pas entraîner. Je voudrais parfois te donner un peu de cette liberté dont tu as besoin, mais non, c'est plus fort que moi, cette pensée me révolte, me fait bondir. Je me sens d'une jalousie féroce ; il me semble que tu n'as pas le droit de disposer de toi, de ta personne, et je crois, parfois, que tu m'appartiens plus à moi que tu ne t'appartiens à toi. C'est bizarre peut-être, mais est-on maître de sa destinée et des sentiments qui vous dominent.

Tu voudrais des lettres avec un moi bien détaillé... et pourquoi ? Les baisers de ta Zette ne te suffisent pas, tu voudrais en outre lire comme dans un livre jusque dans les replis les plus profonds de son âme ? Crois-tu que l'on soit toujours disposée à mettre son âme à nu ? Il faudrait pour cela que la désillusion ne fût pas de ce monde, que la délicatesse des sentiments fût le partage de chacun, alors on marcherait loyalement dans la vie, sans arrière-pensée et combien l'on serait plus heureux !

Un long baiser sur tes lèvres et tes yeux noirs. Il est au moins minuit, mais maintenant je n'ai plus sommeil. Oh ! si tu étais là dans mes bras !...

Ta Zizette.

Dimanche.

MON GEORGES,

J'ai été bien heureuse d'avoir une lettre de
toi. Oh! ce que je donnerais, Georges chéri,
pour avoir tes baisers ! Pour avoir le bonheur
de vivre un an auprès de toi comme j'y ai vécu
six jours je donnerais tout le reste de ma vie.
Etre heureuse avec toi et par toi, puis mourir,
voilà un beau rêve !

Ton désespoir me fait mal. Calme-toi, je
t'en conjure. Ne plus te revoir, toi mon bien-
aimé, ne plus t'embrasser ! oh ! non, non, je
préfère mourir, je mourrai avec toi... à toi...

Sans l'espérance que j'ai en toi, mon Georges
adoré, rien ne me retiendrait plus sur la terre
C'est ton amour que je veux ; toi mort, je
disparaîtrai à mon tour.

Il faut connaître l'adversité pour mieux
apprécier ensuite le bien-être et la tranquillité
morale et physique.

Non, tu espères, rien ne sera perdu. Songe à Zizette, elle t'aime. Vois-la dans tes bras avec ses yeux lisant dans tes yeux toutes tes pensées et ses lèvres cherchant à sentir tout ton être...

Tu es tout pour moi, mon Georges, et quoique éloignée de toi, c'est avec toi que je vis et il me semble que si tu mourais ou si tu t'éloignais moralement de moi, il ferait nuit sur la terre.

Alors tu serais heureux si j'habitais avec toi. Il me tarde de sentir mon petit mari tout près de moi et d'apprendre, maintenant que je le connais bien, tout l'amour de mes rêves. Il me semble qu'il doit exister tant de choses que je ne sais pas ou que je n'ai pu encore connaître. Tu me les apprendras, dis, et nous nous aimerons plus que jamais.

Je voudrais être ce soir près de toi, dans une jolie chambre, à nous, bien close, et sentir ton regard m'envelopper comme d'une caresse, tes lèvres murmurer des mots d'amour à mon oreille... dans un baiser... ce serait si bon, si doux...

Comme Georges est gentil de vouloir faire des économies pour emmener sa petite Zette à la campagne. A quel endroit irons-nous, dis? Tu sais, j'aime bien la vraie campagne, les bosquets, les oiseaux, les fleurs... Nous nous promènerons bien loin, longtemps et partout; tu m'expliqueras tout ce que tu sauras sur ce qui t'entoure, puis nous causerons de nous, tu me diras tes projets, tes nouvelles aspirations, tout ce que tu as fait pendant mon absence, et je t'écouterai, heureuse de nous sentir tous deux seuls et d'être ton amie.

Je ne voudrais pas savoir que même à un seul ami intime tu causes de moi, car je pense comme le grillon lorsqu'il disait :

« Pour vivre heureux, vivons cachés. »

Je suis un peu égoïste et j'imagine que

nous serons heureux seulement lorsque nous serons seuls à nous aimer et à le savoir.

Je n'ai jamais vu de ville comme Nice où on fasse si souvent de la musique et avec tant d'art. C'est passé ici à l'état de sentiment, c'est inné, et, quoi qu'on dise, la race italienne l'emportera toujours sur la française pour cela : pas une seule famille du peuple qui n'ait son musicien.

Des bandes de Piémontais vont cueillir la fleur d'oranger, et en plus de leur mince bagage, portent avec eux soit une guitare, une mandoline ou un violon.

Je te quitte, bercée, ce soir, par les sons d'une douce musique qui va peut-être me donner de jolis rêves d'amour où Georges ne sera pas étranger.

J'ai pris ton âme dans un long baiser et je t'envoie de Zette tout ce qu'elle a de meilleur en elle.

Ta ZETTE.

.   .   .   .

26 mai.

Il me cite deux vers admirables :

« L'amour illégitime et même criminel
« N'est-il pas toujours pur quand il est éternel ? »

Mais l'amour est-il éternel ? Jamais ! C'est justement le reproche que j'adresse à la nature, aux hommes, à Dieu.

Dans sa lettre, il a noté un mot curieux d'Anatole France, dans le *Lys rouge* : « J'ai reconnu un Parisien à ce qu'il avait l'air anglais. » Il me conseille de lire cet ouvrage, car il est magistralement écrit.

.   .   .   .

Mon Georges,

Il y a quelques jours déjà, j'ai rêvé que j'étais dans une sorte de salon point luxueux du tout. Au milieu, il y avait un grand bureau ministre

et tu écrivais ; moi, j'allais, je venais dans la
pièce avec un bébé au bras ; une femme assez
âgée entre avec une lampe à pétrole à la main.
Elle allait la poser sur la cheminée lorsque le
verre cassa, et nous voilà avec une lampe
fumeuse et éclairant à peine l'appartement.

Toi, tu ne te souciais de rien, tu écrivais
toujours.

Je languis de te voir ; il y a trop longtemps
que je n'ai pas eu de baisers. Je commence
à éprouver un vide épouvantable. Parfois je
suis heureuse de penser à toi ; parfois l'ennui,
l'incertitude de l'avenir, la contrainte, tout
se réunit pour me donner du noir.

Une autre nuit, j'ai rêvé que nous étions
tous deux sur un bateau. Je ramais pendant
que tu étais assis à l'arrière.

Il y avait dans le fleuve ou plutôt la rivière,
large à peine de quelques mètres, de grands
bancs de petits cailloux que je contournais de
mon mieux ; parfois il m'était si difficile

13

d'avancer que je m'arcboutais avec un aviron contre les maisons bordant la rivière, et dont

la base plongeait dans l'eau.

Un moment, le passage devint si étroit, avec, de chaque côté, des murs hauts à l'infini, que je dus m'en retourner. Et toi, toujours à l'arrière, indifférent à tout....

Tu vas penser que je suis bien « enfant » de te raconter mes rêves, mais j'aime tant te dire toutes sortes de choses !

Si tu savais... le soir surtout, je suis si rêveuse, l'esprit et le cœur si loin d'ici et des miens que je ne m'aperçois souvent pas qu'on me parle, et ne répondant pas, mes parents en sont souvent à se demander si je ne suis pas malade.

Oh ! Georges, comme nous serons heureux de nous revoir !... Je t'aime bien, maintenant, va... tu verras comme ta Zizette veut beaucoup de caresses... encore... encore... Je n'ai pas eu assez le temps de savourer... j'ai goûté... et je ne sais... presque... plus.

Un soir, on a fait de la musique : c'était pénétrant et passionné. On a joué une valse que j'ai faite avec un monsieur qui nous rendait visite. Cette musique italienne me prenait au cœur et je valsais l'esprit et les sens près de toi, comme en un rêve.

Mon cavalier, un Corse, officier de marine, paraissant avoir bien le caractère de sa race, était sorti cependant de son apathie ordinaire,

surexcité par cette musique, grisé par je ne
sais quoi, peut-être par la causerie générale
et littéraire. Il a un ami intime, avocat. Il me
semble — et je t'en fais part, parce que je
suis ta petite femme, — que ces jeunes gens
m'aiment. Je ne te dis pas cela pour te faire
de la peine, je sais que cela t'est parfaitement
égal et à moi aussi, mais seulement pour t'en
faire part, parce que je veux te faire part de
tout. Donc, pour continuer, voici : Ils sont
tous deux avec moi d'une politesse et d'une
prévenance exquises, me laissant deviner par
leur manière d'agir que je ne leur suis point
indifférente. Ils sont amis intimes.

Je ne dis pas plus à l'un qu'à l'autre et ils
en paraissent à la fois tristes et heureux. Si
parfois l'un se laisse aller, dans la conversation, à m'adresser des allusions trop directes
sur ses sentiments vis-à-vis de moi, je demeure perplexe. Ils m'ont fait comprendre
qu'ils seraient heureux de me donner leur

nom... et de décider. J'ai fait comme si je ne comprenais pas que ces paroles étaient dites à mon intention.

Je t'assure que je ne suis cependant pas coquette avec eux, moins qu'avec personne... avec quoi ai-je donc pris leur cœur?

A son départ l'officier m'a serré la main à la briser, et son ami avait l'air tout triste aussi..... Et moi je pensais à mon Georges chéri, j'aurais voulu le sentir à moi dans un brûlant baiser.

Tu dois penser que j'ai employé toute une page à te raconter des choses qui sont de bien peu d'intérêt pour toi, mais comme je suis d'avis que tout est intérêt lorsqu'il s'agit de ceux qu'on aime, et que je veux être ton amie, je te fais part de tout ce que je fais, comme je voudrais que tu le fisses pour moi.

Je t'embrasse de toutes les forces de mon

âme en attendant d'être ensemble dans notre jolie chambre.

Ta ZIZETTE

. . . .

Je lui ai déjà envoyé trois lettres et un télégramme, et rien, rien, pas de réponse, oh !... si !...

. . . .

GEORGES,

Que signifie ton silence et à quoi dois-je l'attribuer ? Serais-tu malade ou t'ai-je fait de la peine dans une de mes lettres ?

Oh ! que je suis inquiète et perplexe ! Un doute cruel me déchire l'âme : Oubliée peut-être... Oh ! Georges, est-ce vrai ? Est-ce possible ? Serais-je oubliée, remplacée ? suis-je morte pour toi. Mais alors que vais-je devenir ? Comment vivre sans appui, sans soutien, sans amour ?

Oubliée ! loin de ton cœur, de ta pensée ! Non, c'est trop souffrir. Je me révolte à la fin, et si tu n'es pas un lâche, tu me donneras les motifs de ton silence. J'ai le droit de te les demander, Georges, je ne suis pas une vile et méprisable créature pour mériter un pareil dédain, un tel mépris des convenances.

Tu te joues de moi en me laissant aller en vain à la poste tous les jours, car j'ose croire, après réflexion, que si tu étais malade, tu aurais eu l'idée de prier ton ami qui va si souvent chez toi de m'écrire un mot. Mais non, rien, rien, depuis trop longtemps déjà.

Ah ! mon pauvre Georges, mais c'est à vouloir m'inspirer le mépris du monde entier et à faire naître dans mon cœur un sentiment de haine générale qui écrase et brise tous les autres.

Zizette toujours à toi.

. . . .

13

Enfin une lettre, puis deux autres. Dans la première : « Ta lettre que je viens de recevoir « m'a profondément attristé. Quoi ! tu as « même osé douter de moi ! Et surtout au « moment où je t'aime plus que jamais. Si tu « savais comme j'ai souffert et comme je « souffre encore de toutes les choses mé- « chantes que tu me dis. »

. . . .

MON GEORGES ADORÉ,

Enfin, voilà mes pleurs séchés. Oh ! que j'ai souffert depuis huit jours ! Tes lettres, c'est ma vie. Je me trouvais si malheureuse, j'étais si désespérée que tu me pardonneras de bon cœur ma dernière lettre.

Douter de toi ! voilà ce qui te peine, mon pauvre Georges chéri. Eh bien, sache que j'ai fait tous mes efforts pour me convaincre... les preuves étaient pour moi évidentes. J'ai essayé de te rabaisser dans mon esprit, de te faire tomber du piédestal où je t'ai élevé si haut et sans le vouloir ; malgré tout, je sentais un je ne sais quoi qui me disait : C'est impossible. En vain j'opposais ton silence. C'est impossible toujours. A mes larmes, à mon profond découragement il y avait toujours cette même réponse.

Je lisais et relisais ta dernière lettre pour tâcher de deviner, de lire entre les lignes ta pensée, tes sentiments. Non, elle n'était pas plus froide que les autres..... et pourtant ce silence qui me déchirait le cœur..... toujours ce silence. Alors, mon chéri, je te voyais mourant, pensant à moi, me désirant auprès de toi et souffrant de mon absence.

Mon désespoir, dans ces moments-là, n'avait plus de bornes, et j'aurais voulu partir, voler vers toi, dans tes bras.

Chaque minute apportait un changement dans mon esprit, et c'est avec un mépris profond pour toi et le monde entier que je te

voyais follement heureux dans les bras d'une
autre femme. Quelque sirène qu'il aura ren-
contrée à l'Exposition et qui l'aura grisé !
voilà ce que je m'imaginais en y ajoutant
les propos de tes camarades qui te disaient :
Mais une femme que l'on ne voit pas, ça
s'oublie !

Rien de tel alors pour sécher mes larmes.
Assise, dans ma chambre, je regardais sans
voir, ou bien stupidement accoudée à ma
fenêtre, je me demandais quel était le but de
l'être sur la terre, et pourquoi chacun grouillait
dans la peine.

J'ai pensé depuis, que les personnes con-
damnées à la peine de mort devaient, au moment de la nouvelle, devenir absolument
idiotes. Il y a de ces choses que l'on comprend si peu, si difficilement, que si l'on veut
les approfondir, on devient étrangement bête.

Entre deux longs baisers tu vas me pardonner ces mauvaises pensées.

En a-t-il passé des idées folles dans ma cervelle! En ai-je fait des rêves? Ce qui est curieux, chéri, c'est que je me vois presque toujours riche; jamais, dans mes châteaux en Espagne, je ne suis aux prises avec la misère.

Dès que tu auras cette lettre, tu me répondras, n'est-ce pas! et tu me diras que tu me pardonnes bien tout, tout? Si je ne t'aimais pas ou si je t'aimais moins, j'aurais moins souffert de ce que je prenais pour de l'indifférence, de l'oubli, et alors ma dernière lettre n'aurait pas eu ce ton. Oh! que j'étais malheureuse! et depuis, il me semble que j'ai encore plus besoin de tes baisers.

Ta lettre m'a toute... comment dirai-je?... je ne sais!... Est-ce toi qui parles ainsi à Zette? Tes paroles ont mis en mes veines comme une fusion de passion avec mon sang; il me semble que je ne suis plus moi, que mon cœur languit; mes lèvres voudraient les

tiennes en une longue étreinte abandonnée...
et je rêve et je ne sais plus... Mon Georges,
mien, je t'aime, va !...

Il tarde beaucoup à ta petite femme de
prendre son petit mari dans ses bras et de
lui donner toutes les caresses qu'il veut
d'elle... cela rien que pour toi, pour que tu
lui dises que tu es heureux, bien heureux par
ta Zizette chérie.

Moi, je ne sais pas, je n'éprouvais à...
cela... aucune jouissance la première fois ;
... sont-ce maintenant tes paroles d'amour et
tes sens surexcités qui me troublent ainsi ?

C'est pour mon Georges que je garde mon
corps ; à lui seul est le droit de m'apprendre
le langage de l'amour avec toute sa passion.

Autrefois je me disais : Je t'ai donné mon
corps vierge, je veux que si tu donnes le tien
à d'autres, ce soit seulement pour assouvir tes
sens, mais qu'aucun de tes transports, qu'au-

cune de tes étreintes ne soit l'expression de ton cœur, que tu me gardes la fidélité de tes sentiments même dans les bras d'une autre.

Maintenant la seule pensée que peut-être... tu... m'exaspère... je ne saurais dire pourquoi : on est heureux de s'analyser, on souffre et on jouit de son résultat, mais on ne veut pas se savoir devinée.

Je vais m'endormir en rêvant de tes caresses et des brûlantes paroles que j'aime t'entendre me dire. Je m'abandonne en toi.

Ta Zizette.

Mon Georges mien,

Je suis heureuse de ta lettre. Comme elle est gentille et douce à mon cœur. Il me semble que c'est une langue nouvelle, que ton style est plein de passion, et j'éprouve un frisson indéfinissable à lire tes paroles d'amour.

Dis, Georges, est-ce bien sincère ce que tu m'écris, et aimes-tu bien ta petite Zette? Je constate, et cela avec un plaisir que tu ne saurais croire, combien la transformation qui s'opère en toi depuis quelque temps est maintenant à ton avantage. Je lis dans ta dernière lettre que tu m'étudies et veux m'éprouver. C'est exactement aussi mon cas vis-à-vis de toi avec la différence que la dernière partie n'existe pas. Je t'étudie simplement. Et franchement je ne te croyais pas tel que tu me parais. Il me semblait que tu étais incapable d'aimer, non aimer dans le sens ordinaire du mot, mais aimer dans tout ce qu'il y a de profond et de divin.

Mon rêve, à moi, est d'être aimée par dessus tout, et de donner à celui que j'aurai choisi tout ce que mon cœur a d'illusions et de... passion. Je veux aimer de toutes les forces de mon âme et de mon être, me donner toute, sans réserve...

Dès le commencement de notre correspondance, je constatai une grande différence
entre nous deux ; tu paraissais frivole, in-
constant et même légèrement badin. Cela ne
me plaisait qu'à demi.

Est-ce maintenant la nature qui, en se
transformant, nous transforme aussi, met en
nous comme une nouvelle jeunesse, poéti-
sant tout ce qui nous entoure, et nos sens et
nous-mêmes ? Est-ce donc le printemps, dis-
je, qui a rendu mon Georges comme je le
rêvais ? J'aime maintenant cet abandon de ta
dernière lettre, ta Zette associée à tes moindres parties de plaisir, et cette teinte semi-
poétique où se bercent tes pensées en un rêve
sans fin.

J'aime cela parce qu'ici, je songe aussi à de
douces choses, et je sens que Georges les
comprendrait et lirait dans le cœur de son
amie... et je suis heureuse... bien heureuse.

Alors ma petite bourse t'a plu. Elle n'a

rien de bien précieux, mais je l'ai faite en
cachette le soir et en pensant à toi. Chaque
anneau veut un baiser pour paiement et je te
les réclamerai à mon arrivée, n'est-ce pas ?

Maintenant que nous nous aimons, comme
nous allons être heureux dans notre petit nid,
dis... Tu y mettras beaucoup de fleurs,
d'abord parce que c'est le printemps, que ce
sera fête de nous revoir et que je les aime.
Il me semble déjà être près de toi et mourir
sous tes baisers... puis, tu sais, je veux te
tirer un peu les moustaches, tes jolies moustaches soyeuses que je brûle d'envie de mor-
diller... tu dois te souvenir que je les aime...
est-ce qu'elles ont poussé depuis ?... Ça se
coupe-t-il les moustaches ? si oui, je t'en réclamerai un petit brin.

Les concerts musicaux se feront bientôt entendre, de huit heures et demie à dix heures.

Songe que Zette y sera chaque soir dans un
coin de jardin embaumé et poétique, seule

quoique au milieu des siens, sa pensée vers la tienne, et que chaque chant triste ou passionné fera vibrer en elle mille choses allant trouver écho en toi.

C'est ainsi que je vais dormir maintenant, dans notre petit nid, par la pensée, en compagnie de mon Georges chéri, bien près de lui, mes lèvres aux siennes, et moi. . . . . à lui ! . . . . . .

ZETTE.

. . . .

De jolis passages dans sa lettre :

« Je ne voudrais pas que, quand tu viendras, nous eussions un temps comme maintenant : il pleut presque tous les jours ; la Saône est haute, boueuse, rapide, en somme pas poétique du tout.

« Au lieu de rêver délicieusement en une douce causerie sur l'eau lente et verte, nous courrions emportés par les vagues jaunâtres et pleines de remous, avec ça et là des débris de plantes arrachés aux rives.

« Et, dans les îles, quand on voudrait se reposer pour s'aimer, on ne trouverait pour couche que la terre boueuse et l'herbe gorgée d'eau. Au milieu de cette végétation luxuriante, de ces vagues de verdure, si nous étions de petites grenouilles, peut-être ne demanderions-nous pas mieux, mais comme toi, tu n'es pas une rainette et moi un vilain crapaud, je préfère qu'alanguis nous puissions trouver un autre abri, car... dans l'eau...

« L'île est inhabitée. On y cueille maintenant des cerises, des fraises, des groseilles, des fleurs. On est caché par la verdure... on ne nous verra pas... et d'ailleurs c'est comme dans l'île de Robinson... il n'y a pas d'indigènes.

« Aujourd'hui le ciel est sombre, cela me rend triste, m'endort et dans mes rêves roses me fait songer à toi que j'embrasse de tout mon cœur. »

.   .   .   .

MON GEORGES,

Tu es adorable de répondre immédiatement à mes lettres.

D'ici, par la pensée, je me vois très bien en route avec toi pour la gentille excursion que tu dépeins. Comme ce sera bon ! J'en saute de joie comme une enfant.

Je m'imaginais que ce serait toujours le printemps, il a fait si peu chaud jusqu'à maintenant. Je mettrai une robe légère, une che-

misette de petite soie, une jupe rose, cela te
plaira-t-il? et un chapeau blanc, puis nous
partirons tous deux heureux comme deux
amoureux. Oh ! Georges, que ce sera gentil !

Tout le monde ici parle de l'assassinat du
président. N'as-tu rien reçu dans la bagarre?
Je suis inquiète : les journaux décrivent cette
soirée avec tant de troubles... on prétend
que cela ne fait que continuer.

Je souhaite de tout mon cœur qu'il ne te
soit rien arrivé de fâcheux.

Comme ce crime a dû indigner tout Lyon !
Je comprends très bien les sentiments de
vengeance qui ont animé toute une popula-
tion à la suite d'un pareil forfait. Malgré moi,
tout hier et aujourd'hui, je n'ai songé qu'à
M. Carnot et surtout à sa femme et à ses
enfants. Ce sont des épreuves qui doivent être
terribles pour ceux qui ont à les subir. Enfin...
il est probable que... c'était écrit !...

Bien peu d'hommes politiques auront eu néanmoins, à notre époque, autant de regrets sincères, de sympathie respectueuse, à leur mort, que ceux qu'a laissés dans le monde entier et surtout dans toutes les familles, celle si tragique de M. Carnot.

Cependant causons un peu de nous. Je ne sais, mais je n'ai pas le cœur à la joie. J'avais déjà dans ma pensée si bien combiné mon séjour à Lyon... voilà que les journaux annoncent ou du moins font prévoir comme une révolution.

Est-ce donc vrai que la ville est si bouleversée? Renseigne-moi, toi qui es sur les lieux. Oh! Georges, si après avoir été si heureuse d'aller jusqu'à Lyon, j'allais ne pas partir... moi qui songe à toi depuis si longtemps, qui garde ta petite Zette avec toutes ses impressions pour t'en faire part, qui voulais me donner avec mon cœur et mon âme...

si... Ce sera donc aussi pour nous la fatalité.

Je t'envoie les plus doux baisers de

Ta ZETTE.

— Ironie du sort ! Il y a environ trente
ans, dans cette même ville de Lyon où tu me
dis que les drapeaux flottaient en l'honneur
de Carnot, l'empereur était acclamé avec un
enthousiasme délirant, par une foule trépi-
gnante. C'est ainsi que va le monde ! . .

. . . .

Il m'envoie des baisers si doux que si
j'étais avec lui, je sentirais, dit-il, mes yeux
se voiler de volupté. Son autre lettre est gla-
ciale.

. . . .

MON GEORGES,

Tu as deviné juste en disant que j'avais
cent kilogrammes sur le cœur, en t'écrivant

ma lettre ; tes dernières lettres n'avaient mis en moi que sanglots et désespoir.

Probablement, sûrement je me trompais ; depuis celle reçue ce matin je comprends que je me suis alarmée à tort, mais il n'en est pas moins vrai que j'ai horriblement souffert. Je n'ai pas voulu t'exprimer ce que j'éprouvais, je me suis contentée de pleurer. Ces larmes ont porté mon imagination au noir extrême et de simples supposition sont devenues des réalités, des faits accomplis.

En trouvant tes lettres froides j'essayais de me persuader qu'avec cette atmosphère accablante il était bien permis de se laisser aller un peu, mais le cœur est égoïste, mon Georges, exigeant aussi, et l'on ne peut guère raisonner avec lui. Enfin après l'orage, le beau temps : mes larmes sont séchées aujourd'hui il ne me reste plus que l'ennui d'avoir à attendre encore un mois loin de toi.

Si tu savais, chéri, certains jours, je suis

14

tellement découragée de n'avoir pas tes baisers
qu'il me semble que tout est fini, que je n'ai
plus qu'à mourir. D'autre fois, j'ai du noir
sans motif bien défini ; c'est l'ennui qui me
ronge, alors je vais d'un appartement à l'autre,
j'essaye de lire ou d'étudier, mais non, le
mieux est encore de m'habiller et de sortir,
quoique je ne trouve pas souvent, dans la rue
ou dans un salon, suffisamment de distrac-
tions pour rentrer chez moi absolument satisfaite.

Vois-tu, mon Georges, il n'y a guère que
tes lettres qui me rendent vraiment heureuse,
qui me réveillent de cette torpeur ; quand
elles sont longues et bien, bien affectueuses,
oh ! alors, le ciel devient bleu et Zizette
rieuse.

Je viens d'achever la lecture des livres que
tu m'as indiqués, c'est écrit en effet. Ce qui
me laisse rêveuse, c'est de constater avec
quelle netteté les impressions les plus intimes

d'une femme y sont comprises, analysées. Comment un homme peut-il saisir jusqu'aux plus secrètes pensées, fouiller jusque dans l'âme pour en retirer l'infiniment petit des sensations ! A côté du roman, de l'histoire plus ou moins attrayante selon le goût de la personne qui lit, et suivant aussi le talent, l'imagination de l'auteur, il y a le vrai, l'inséparable du cœur et de l'âme, les sentiments intimes, la quintessence des impressions, ce que l'on éprouve enfin dans l'âme de l'âme comme dirait Paul Bourget, et ce que l'on croit être seul à éprouver suivant les circonstances de la vie ; tout cela est clairement expliqué comme par une personne qui aurait subi ces épreuves et écrit ses pensées au sujet de ses épreuves mêmes.

Je ne sais si tu me comprendras bien, moi, ce que je ne comprends pas, c'est qu'un homme puisse arriver ainsi à pénétrer la femme.

Dis, mon Georges, mien, est-ce bien vrai
que j'ai toute ton âme ? Je la voudrais maintenant dans un long baiser. Je rêve de toi et
je t'appelle dans mon sommeil ; il me semble
parfois que je te vois bien près de moi et tes
lettres mettent comme un souffle embrasé
dans tout mon être. Je voudrais, dans notre
petit nid où tu es seul à languir après ta
Zizette, me laisser aimer à ta guise comme
le plus passionné des bien aimés. Je voudrais
aussi mourir en toi et être broyée sous tes
caresses, je voudrais, je voudrais... je ne sais
plus !... mais toi seulement... toujours toi...

Sois persadué que je ferai tout pour aller te
voir. Je veux entendre toutes les douces
choses que mon Georges me demande à
genoux. Je veux de ses étreintes et de ses
baisers peut-être encore plus maintenant que
je souffre et que je pleure de n'être pas à lui.
Si tu étais près de moi !

Ecris longuement à ta Zizette, tu sais que

tu es seul à me consoler et à me donner du courage et je t'aime de toute mon âme, je t'aime et je souffre.

Je vais me coucher en pensant à toi et en rêvant de la douceur pénétrante de tes baisers. Je veux m'endormir sur ton épaule, mes lèvres près des tiennes, tes bras m'enlaçant amoureusement,

Pense à ta Zette, aime-là, et reçois d'elle tout ce que tu aimes.

ZETTE.

. . . .

Il est singulier de vouloir tout savoir. Il me dit :

« Tu ne me connais peut-être pas tout-à fait tel que je suis. Je suis un amoureux passionné des sensations raffinées à l'excès. J'aime à détailler jusqu'aux moindres riens. J'aimerais pouvoir trouver l'origine du plaisir, enfin ce quelque chose d'inconnu qui fait tout oublier ; je poursuis la science jusque dans la plus petite caresse. »

« Il me semble qu'il doit y avoir en toi quelque désir que je ne devine pas, et qui, avec des désirs insoupçonnés chez moi, nous griserait. Je crois toujours que l'abandon n'est jamais assez grand entre nous. Je suis persadué que, si nous le voulions, nous trouverions l'infini du plaisir, l'extrême de la volupté... »

MON GEORGES BIEN-AIMÉ,

Je t'aime maintenant, oh ! mais je t'aime de toute la force de mon cœur. Tu l'as d'ailleurs compris à mes lettres, à la sincérité de mes paroles, aux baisers passionnés que je t'envoie et à mon désir sans cesse renouvelé d'aller te rejoindre.

Oui, je sens que je serai heureuse, le soir, d'aller, mon bras sous le tien, par la tiédeur

des nuits me promener et rêver... que de
douces et jolies choses Georges me confie-
rait,.. dans des baisers !... puis, notre petit
nid où mon petit mari adorerait sa petite
femme !...

Chaque soir, je m'endors avec la pensée
que je suis à toi et je me grise des paroles
que tu m'écris. Je prends ta photographie et
il me semble que tu es réellement près de
moi. Je ferme alors les yeux et ma pensée te
suit dans cette chambre que je connais
puisque tu me l'as si bien dépeinte, je vis de
ta vie, de tes désirs et je me sens mourir.

Mon Georges, je t'aime! je t'aime! je
t'aime!

. . . .

Mon Georges,

Comment vais-je t'expliquer cette tristesse
qui m'accable depuis ce matin, cet ennui qui
me dévore dans cette solitude.

Je me sens oppressée, inerte, sans volonté et sans vie. Il fait frais, très frais même, et ce vent qui passe dans les arbres en les courbant lentement me fait l'effet du souffle de la Mort. Serais-tu malade, blessé? mon Georges adoré, cette noire tristesse est-elle un avertissement?

Tout est lugubre ici, jusqu'aux sombres nuages qui s'amoncellent comme s'ils allaient éclater en orage, pour se dissiper ensuite et faire place à un soleil radieux et énervant. Les oiseaux chantent et leur joie me fait mal. Les chiens des campagnes environnantes aboient, mais comme jamais, ce sont des hurlements. Pourquoi n'es-tu pas auprès de moi? Je voudrais tant t'embrasser, dormir sur ton épaule, me reposer dans tes bras.

Les trains allant à Nice ou en venant, en sortant de la montagne, grondent sourdement au loin. Il n'y a pas jusqu'à la machine à nettoyer le blé, la batteuse, sur la terrasse des fermiers, derrière la maison, qui, avec son bruit de rouage sombre, son ronflement continu, ne prenne un air plaintif et ne donne sa note triste.

J'ai essayé de faire de la musique : mon violon a pleuré. J'ai voulu lire : les larmes ont voilé mes yeux. J'ai vu venir une paysanne apportant des œufs ; elle est très agréable, dans son genre, je l'ai fuie en me réfugiant dans ma chambre.

Les personnes qui m'entourent m'agacent, c'est toi que je voudrais, Georges chéri, rien que toi ; seule avec toi, ici tout changerait d'aspect, tout serait gai et riant. A ton bras, je me sentirais renaître, tandis qu'il me semble que je vais mourir, que je n'ai plus qu'à mourir.

Je voudrais être tout à fait seule quand je suis pourtant trop seule.

Je t'attriste, mon pauvre Georges, que je suis donc méchante ! Au lieu d'être gaie pour toi, de faire mille beaux projets pour l'avenir, qui nous donneraient pour l'instant l'illusion du bonheur, je mets à nu, sous tes yeux, mon âme noire d'une tristesse sans nom et sans motif.

Je devrais, comme on laisse passer un orage, laisser s'enfuir cette vague lassitude, ce noir qui m'oppressent, avant de t'écrire, puisque aujourd'hui tu n'attends de moi aucune lettre ; mais, non, j'ai la cruauté de te faire partager ou plutôt de t'envoyer...mes papillons noirs.

Pardonne-moi, mon Georges, excuse ta Zizette qui t'aime bien et qui t'envoie ses plus ardents baisers.

Zizette.

. . . .

J'ai dû lui faire de la peine... et pourtant sa lettre était si douce :

« Il me semble parfois te voir, je me prends

à rêver, à t'aimer et à te désirer follement.
Mes mains tout à l'heure se crispaient après
mon fauteuil : j'étais fou de toi. C'est une
torture lente, délicieuse et sans fin. Je
souffre de désir, je voudrais te sentir à moi
dans une ivresse délirante, je le rêve... mes
yeux se ferment, et ma tête est en feu. Cela
me tue. Mais bientôt...

 « Quoique les roses soient
rares maintenant, j'ai fini par
en trouver qui sentaient bien
bon ;... j'en ai porté un peu
dans... notre chambre, dans
l'espoir que tu les sentirais bientôt. Mais
hélas ! j'ai seul attendu les heures passer, et
les pauvres roses se sont un peu fanées : elles
penchent doucement leur tige, et inclinent
peu à peu leur tête, comme si leur cœur était
malade et comme si elles étaient peinées de
ton absence.

J'avais marché longtemps pour calmer un

peu par la fatigue l'ardeur qui me brûlait ; mais malgré la lassitude, ton souvenir excitait mes sens et je te désirais plus encore. »

. . . .

MON GEORGES BIEN CHÉRI,

Si tu savais comme je suis triste ! Et je ne pouvais pas venir en une longue causerie te dire le trop plein de mon âme. Mais ta lettre a cependant mis en moi comme une douce ivresse ; quelque chose comme on doit seulement ressentir lorsqu'on aime et qu'on se sent aimée, Mon Georges, je souffre d'être loin de toi ; tes lettres mettent en moi comme un feu qui me dévore.

J'espère te voir bientôt... mais... je pense tant et tant que je sens mon cœur s'en aller avec tristesse et j'ai des envies folles de pleurer, de mourir pour ne plus sentir les chagrins de la vie.

Enfin plus de ces pensées... Je veux seulement croire que mon Georges m'aime. C'est donc ainsi que tu le dis, qu'on a de ces ivresses à en mourir. Je voudrais avoir tes lèvres, t'entendre me dire les sensations de tout ton être dans ces moments où tu oublies tout.

Pauvres fleurs ! elles se fanaient en l'absence de Zette. C'était donc comme moi qui meurs ici de chagrin et de solitude.

Hier, avant de me coucher, j'ai pris la photographie de mon Georges, j'ai admiré ses beaux yeux qui avaient l'air de vouloir me dire tant de douces choses et... je leur ai donné un long baiser, puis j'ai pensé à toi en m'endormant. J'aurais voulu sentir réellement tes lèvres me brûler en des baisers fous... mais...

Je t'envoie mon corps et mon âme pour que tu en fasses ce que tu veux ; encore une douce caresse bien tendre et passionnée de

Ta Zizette.

Mon Georges,

Quand j'ai vu, hier, que je ne pouvais t'écrire avant trois heures, je suis sortie, renvoyant ma lettre au soir, mais nous ne sommes arrivés à la campagne que très tard. A demain matin, me suis-je dit alors. Mais bah ! l'heure du facteur à qui je voulais remettre ta lettre est passée depuis longtemps, et ta Zizette, à dix heures, commence à peine à écrire. Il est vrai, chéri, que j'ai bien pensé à toi quand même.

Je ne puis pas me trouver à l'ombre de ces grands pins, devant cette verte nature, sans regretter bien amèrement, et plus que jamais de ne pas t'avoir auprès de moi. Je fais des rêves insensés que la brise emporte sur ses ailes légères ; par instants, je te veux si fort auprès de moi que je te vois, je te sens, je tressaille sous tes baisers... mais que cette illusion dure peu !... et combien vite je vois que ce n'est qu'un vain mirage.

Je voudrais être à toi corps et âme, ne penser à rien qu'à nous aimer et à nous le dire, tandis que tout ici m'oblige à une contrainte continuelle.

Toi, tu es libre, et, si tu souffres c'est seul, mais moi, ma position, chez les miens, est compliquée ; je dois m'observer en tout pour cacher une liaison que nous sommes seuls à connaître.

Je sais ici quelqu'un qui rêve souvent de ce petit nid que tu as préparé, et de toi et de tes caresses... et qui donnerait beaucoup pour pouvoir te prouver son amour. Si tu pouvais venir !... Oh ! mon mien, comme je t'aimerais de me donner cette marque d'affection. Il y a si longtemps que nous ne nous sommes aimés !... Et maintenant que j'éprouverais tous les désirs, toutes les sensations du cœur et de l'âme, nous sommes si éloignés l'un de l'autre !...

Comme ce serait gentil d'être tous deux à la campagne, dans une jolie petite villa pleine d'ombre et de mystère, de verdure et de chants d'oiseaux, de rêver le soir, enlacés tous deux sous les grands arbres et de nous aimer de toute notre âme.

Il me semble que j'y suis et mes yeux se ferment malgré moi, et je voudrais me sentir délirante, mourant sous tes baisers, alors que tu m'emporterais dans tes bras en un joli coin de Paradis où nous apprendrions ensemble la passion et l'amour.

Lorsque je te regarde sur ta photographie, il me semble à la longue que c'est toi et j'ai des envies folles de te baiser sur tout le visage.

Je t'envoie mes plus douces caresses,

TA ZETTE

. . . .

MON GEORGES CHÉRI,

Rien, rien !... rien ! Mais enfin que deviens-tu ?... Je ne sais que penser... Voilà huit jours que je vais à la poste et toujours rien. Es-tu

malade !... à la campagne ? Mais tu m'as pré-
venue que, dans ce dernier cas, tu ferais prendre
ma correspondance. Alors que supposer ?

Enfin, quoi qu'il en soit, réponds-moi immédiatement ; je suppose que ma lettre te par-
viendra toujours.

Regarde... moi qui me disais : A la campagne, il sera mieux avec toi, il évoquera plus
souvent ton souvenir et ce seront ainsi des
heures délicieuses pendant lesquelles il pourra
t'écrire ses moindres pensées, te faire part de
ses plus secrets désirs et tu l'auras encore
mieux à toi seule... Puis, c'est tout le contraire.
Zizette est oubliée, bien oubliée sans doute,
puisqu'on ne daigne plus même lui donner
signe de vie.

Oh ! le méchant ! — sans compter l'inquié-
tude dans laquelle tu me laisses... tu es cruel.
Enfin, aujourd'hui, ne pouvant plus rester ainsi,
je te griffonne ces lignes à la hâte.

Je reste à toi toujours, dis-moi que tu

m'aimes doublement... j'ai soif de tes baisers... si tu savais comme il me tarde de t'entendre me dire de brûlantes paroles d'amour!...

Mon mien, je t'aime et je souffre loin de
toi. Dis-moi longuement ce que tu fais. Pré-
pares-tu un autre livre ?

Reçois de ta Zizette qui t'aime tous les baisers que son cœur t'envoie.

Zette.

. . . .

Il m'avait écrit, mais... cependant je trouve
bizarre que les lettres s'égarent ainsi ; voilà la
deuxième. Non, il dit vrai.

. . . .

Mon Georges chéri,

Enfin... j'ai ta lettre... Si tu savais tout ce
que j'ai souffert en croyant à un aussi long silence... Je me disais qu'il était impossible

d'être oubliée à ce point... et cependant... il fallait me rendre à l'évidence.

Oh ! pensais-je, moi qui renonce à tout pour lui, pour être libre de l'aimer, de me donner plus tard à lui tout entière, de faire de sa vie une vie d'amour sincère et profond, de partager ses pensées, ses peines, de le consoler et de l'aimer par dessus tout, de m'annihiler, en un mot, en lui, il ne pense même pas à moi. Et je souffrais, vois-tu, comme tu ne saurais le croire.

C'est que maintenant ton image est si profondément en mon âme que je souffrirais affreusement s'il fallait t'oublier. Je songe que nous sommes jeunes, que tu m'aimes, et je veux que tu m'aimes, par dessus toutes les femmes ; je veux être la femme bien aimée de ton cœur, surtout occuper toutes tes plus douces et sincères pensées, te posséder tout comme je suis toute à toi. Tu as du sang espagnol dans les veines, mais moi j'ai du sang de patricienne italienne et je ne sais pas si mes ancêtres pou-

vaient aimer avec toute la passion que je ressens pour toi.

Tu es mon premier amour... tu le sais puisque tu m'as prise, mais maintenant je t'aime
et veux me donner encore à toi à mon tour.

Oh ! si tu venais !... comme nous serions
bien tous deux sous ce beau soleil de la Provence, à nous promener en ces montagnes,
ces champs qui sont des jardins conti-
nuels.

De la fenêtre où je t'écris, j'aperçois la mer ;
elle s'étend là toute bleue confondant ses flots
avec le bleu du ciel ; de l'autre côté c'est un
jardin immense, un bosquet d'orangers em-
baumant l'air, des oliviers d'une hauteur pro-
digieuse et qui nous cacheraient si bien aux
regards curieux des passants.

Oh ! mon Georges, si tu savais !... Mais je
suis toute autre depuis que je te connais ; je
me demande sans cesse pourquoi je suis
changée ainsi. Toi qui sais... dis-le moi à

l'oreille... veux-tu ? Car j'aurais honte... Oh !
si tu venais... vite.

Je veux être ta petite femme toujours, mais
tu m'aimeras bien, n'est-ce pas ?... toujours
aussi ?... dis, puisque je te donne toute mon
âme. Oh ! mon Georges, si tu étais... auprès
de moi maintenant.

J'ai l'âge où une jeune fille éprouve le
besoin d'être aimée passionnément et d'aimer.
Et je renonce à cela pour toi qui es loin, loin
de moi et qui ne songes peut-être plus que tu
as ici une petite Zizette qui languit après toi.

Dis, Georges, dis-moi que tu ne m'oublies
pas, dis-le moi bien pour que j'aie au moins
chaque soir en m'endormant une douce pensée
pour bercer mes rêves : celle que tu ne
m'oublies pas et que tu m'aimes et me désires
toujours.

Reçois tous les baisers de Zizette qui t'aime
de toute la force de son petit cœur.

ZETTE.

15*

Toi, je veux une douce et brûlante caresse
de mon mien.

Si je pouvais partir ; il souffre de ne pas
m'avoir. Pauvre Georges ! Sa lettre est de
feu :

« Mais qu'ai-je donc pour te désirer ainsi,
pour te vouloir avec une telle furie ?... Je me
livre aux exercices les plus violents... je suis
sans énergie... je tombe de fatigue et je te
veux encore... C'est un véritable délire. J'ai
quelquefois été passionné, mais jamais autant
que maintenant ; à certains moments je ne
vois plus rien ; mes idées bourdonnent dans
mon cerveau et je te veux avec une rage... il
me semble qu'alors si tu étais à moi, je te bri-
serais, je te déchirerais ; j'ai des crispations à
tout broyer... je suis réellement malheureux.

« Oh ! ma Zizette, viens, viens, je souffre
trop... c'est comme une folie. Je te plaindrais
de tout mon cœur si tu étais comme moi. C'est

une torture lente qui épuise et qui fait passer
sur la chair des frissons infinis.

« Quelques-uns, ceux pour qui la femme
n'est qu'une chose, lorsqu'ils commencent à
se sentir envahis par le désir, vont vers n'importe qui... cela me dégoûte. Moi, si violents
que soient mes désirs, si exalté que je puisse
être, je t'attends, mais je sens en moi une
ardeur qui me dévore... ce serait à en hurler
d'aise si tu étais là... »

   .   .   .   .

Mon Georges chéri,

Moi aussi je souffre de n'être pas à toi dans
un long baiser où mon âme s'exhalerait tout
entière. Je suis découragée de voir sans cesse
mon départ reculé... je ne fais plus rien... je
n'en ai pas la force. J'en suis arrivée à trouver
la vie bête, moi qui avais les idées, les goûts
si subtils, si raffinés, je me laisse engourdir

volontairement le cœur et l'esprit pour ne plus sentir et penser, et ne pas trop souffrir.

Mon Georges, je languis après toi, si tu étais auprès de moi tu me consolerais sous tes caresses comme tu me le dis si bien dans ta dernière lettre. Puis je sentirais réellement que je ne suis pas seule et que j'ai un cœur mien, et ce serait si doux.

Tu ne sais pas... parfois, en pensant à toi, il me prend subitement, en voyant des enfants, une envie folle d'en avoir un à moi. Il me semble que je l'adorerais. Dans mon esprit je le vois bon et beau, je me plais à écouter le babil des mignons que je rencontre pour pleurer ensuite lorsqu'ils n'y sont plus.

Je voudrais être très, très riche, tu me rendrais mère, nous nous aimerions bien, de toute notre âme, et j'élèverais notre enfant... comme ils devraient l'être tous. Ce doit être si bon de se voir revivre dans un petit être, ne penses-tu pas comme moi, mon Georges?

Il fait ici des nuits très douces, des nuits faites pour l'amour... et je rêve de toi.

Si j'étais ce soir auprès de toi, je voudrais être en toi avec toute mon âme et sentir la tienne aussi, toute. J'en serais heureuse surtout parce que tu en serais heureux et que tu comprendrais à mon abandon toute l'étendue et la force de mon amour pour toi.

Je t'envoie toute mon âme avec mes plus douces caresses.

Ta ZIZETTE qui meurt de désir.

. . . .

Oh! mon Dieu! que je suis heureuse! Je pars ce soir... et demain... demain matin je serai à lui...

Je suis folle de pleurer ainsi, mais je suis si heureuse... Non... il y avait si longtemps... Oh! mon Dieu! merci.

Quelle robe vais-je mettre?... car je veux être jolie et fraîche pour lui, pour lui seul. Si je prenais ma chemisette thé... Oui, cela lui plaira..., mon corset rose aussi... il est bas, presque comme si l'on n'en avait pas... il aimera cela... puis je sentirai mieux son bras... il sera mieux à moi et je serai mieux à lui.

J'emporterai mes petits souliers découverts... ils seront plus vite enlevés !...

Dans mon carton je mettrai plusieurs chapeaux, celui qui a un oiseau, puis les deux autres avec des rubans... il choisira celui qu'il préférera.

Je prendrai des ceintures blanches... c'est plus coquet... plus jeune.

Je me coifferai à son goût : les cheveux un peu relevés, serrés mollement... pas trop de frisures... de petites ondulations.

Ah ! voilà mes chemises brodées, attachées avec des rubans de couleur pâle, c'est joli, je suis sûre qu'il me le dira... J'allais oublier mes jarretières orange bouillonnées... il aime bien aussi celles qui font comme un petit serpent, avec des anneaux qui s'allongent.

Il adore me voir avec les yeux noirs, bien noirs... profonds... mais... cela viendra tout seul... quand je serai avec lui et que!... Oh ! que je serai heureuse !...

Je vais rester deux semaines avec lui... deux semaines !...

Quel bonheur !... Seulement il faudra revenir... La dernière fois, à mon retour, comme j'ai pleuré !... mon cœur se serrait... je souffrais tant de le quitter... il est si beau, mon Georges, et je l'aime tant...

Quand le train est parti, mon pauvre cœur se brisait ; je ne sais ce qui m'a retenue d'ouvrir la portière et de me jeter de nouveau dans ses bras pour ne jamais me séparer de lui. Pendant tout le trajet, seule avec mes tristes pensées, j'ai bien souffert... les larmes obscurcissaient ma vue.

Mais ne songeons plus à cela ; ce sera bien

assez tôt au moment du départ ; maintenant je veux être entièrement à mon bonheur. Je chanterais... je pleure... je suis si heureuse... je m'envolerais comme un oiseau, je suis légère, il me semble que j'ai des ailes... je ne me sens plus.

Pourvu qu'on ne s'aperçoive de rien ici ; ... c'est que ça n'irait plus... oh ! non...

Et quand je serai avec lui, comment vais-je faire pour écrire chez moi ?... Mais je crois qu'il a un ami à qui l'on pourra envoyer ma lettre pour la mettre à la poste.

Il doit déjà avoir reçu mon télégramme... il pense à moi... et demain, à la gare, il m'attendra, c'est lui que je verrai le premier... Oh ! que le temps me dure !...

Pour le voyage, vite ma robe noire avec une dentelle ; ... c'est décolleté sans l'être ; ... on a les épaules un peu nues avec cette dentelle, mais c'est joli... la peau est plus blanche.

Demain !... oh ! demain !...

Mon Georges,

Me voici loin, bien loin de toi, essayant, avec le souvenir de mon séjour auprès de toi, de me ressaisir, de revivre le temps passé ; cela m'est impossible... tu me manques... il y a un vide autour de moi, je sens comme quelque chose qui serait brisé dans mon cœur.

Le ciel est d'un bleu éclatant et la lumière du soleil est si ardente, — quoiqu'il ne fasse pas plus chaud qu'à Lyon — que j'ai de la peine à regarder l'immense plaine verte qui se déroule à gauche de la fenêtre de ma chambre pour se terminer à l'horizon par une mer d'un calme désespérant que le soleil semble vouloir brûler.

Avec toi tout serait beau ici... sans toi, hélas !...

Mes dix-huit heures de chemin de fer m'ont achevée ; je suis arrivée ici anéantie, et si, ce matin, je n'avais dormi une heure, sûrement je n'eusse pas été capable de t'écrire un seul mot. Je suis heureuse de tenir ma promesse et de pouvoir, ce soir encore, t'envoyer les ardents baisers qu'il me serait si doux de déposer sur tes lèvres.

Ta ZIZETTE qui t'aime.

.   .   .   .

MON GEORGES,

Merci d'abord de ton joli cadeau, merci mille fois. Ça été, à mon réveil, avec ta lettre une agréable surprise, car lorsque le facteur est venu je dormais encore profondément : la cause?..... les moustiques qui, depuis mon arrivée, me tourmentent sans pitié.

Oh ! mon Georges, comme c'est aimable à toi d'avoir pensé à ta petite Zette et de lui avoir envoyé ce gentil souvenir. De tous ceux que j'ai reçus, c'est celui auquel je suis le plus sensible, et, mon Georges, je te redis encore merci de tout mon cœur.

Cette petite bourse est jolie à ravir, et bien de mon goût : elle me portera bonheur : tu ne pouvais me faire plus de plaisir.

Plus je la vois, plus je la trouve jolie, et je crois bien l'avoir touchée cent fois déjà. Je la retourne dans tous les sens ; il me semble qu'elle doit garder encore l'empreinte des doigts de mon Georges. Je l'ai embrassée, le croirais-tu ? C'est surtout ton attention qui m'a fait plaisir.

Tu n'aurais pas dû me faire ce cadeau : tes vœux, tes souhaits me suffisaient, chéri, tu n'es qu'un vilain petit sot d'avoir fait cette folie, voilà, Monsieur mon Georges.

A la campagne, il fait bon, mais, en ville, pas la moindre brise.

Ce qui est pourtant fort agréable, c'est une promenade, le soir, près de la jetée, ou, du moins, avant qu'il fasse bien nuit.

Vraiment, mon Georges, si, à ton bras, je
parcourais ce délicieux bord de mer, avec les
vagues qui viennent mourir nonchalamment
aux pieds des promeneurs, je serais dans un
bonheur délirant.

Et puis, de la villa, des fenêtres, quel délicieux panorama. Je ne puis m'en rassasier.
De ma chambre je vois au loin, s'avançant
dans la mer bleue, la pointe de Villefranche
que je reconnais, la nuit, à la clarté d'un
phare.

Au bas de la terrasse, couverte de géra-
niums et de lauriers roses, il y a une vaste
plaine d'orangers mêlés aux vignes chargées
de grappes noires, puis des rosiers de toutes
parts.

Ici ce n'est pas comme à Lyon, c'est absolument le contraire : les femmes sont jolies ;
j'en ai rencontré une infinité, de très jolies
même ; elles ont les yeux noirs, brillants
comme tu les aimes, mais leur langage est épou-

vantable et la politesse est chose... inconnue.

Je ne trouve pas que la ville soit si triste que l'on veut bien le dire. Il y a plusieurs magasins fermés, c'est vrai, et, évidemment, ce n'est plus l'hiver, mais je m'y plais tout de même et, si tu étais ici, je me croirais suffisamment heureuse pour ne demander rien autre.

Il y a des bijoux idéalement beaux, entr'autres, comme occasion, des boucles d'oreilles solitaires — c'est-à-dire avec un seul brillant — au prix modique de vingt-huit mille francs... de toutes petites montres, toujours d'occasion, à quatre cent cinquante francs, puis des bagues pour homme, donnant à Zizette le vif regret de ne pouvoir en offrir une à son Georges adoré, et la laissant toute rêveuse devant ces splendeurs étalées qu'elle doit se contenter de regarder simplement.

La pâtisserie est extraordinairement mauvaise... et chère. Les pâtissiers se réservent

pour l'hiver, ne tenant aucun compte des ha-
bitants du pays, des naturels de l'endroit si tu
préfères.

Je suis loin de toi, maintenant. Oh ! penser
que je puis rester des mois et des mois sans
te voir, c'est désespérant.

Tant que je ne serai pas bien installée, je
n'aurai pas le temps de t'écrire longuement,
tu le sais, alors ne me gronde pas si ma lettre
n'est pas suffisamment longue.

Je reviens à ma petite bourse dans laquelle j'ai glissé une pièce de vingt francs —
un beau louis d'or — pour te dire que je ne
m'en servirai que dans les grandes occasions
et lorsque je serai avec toi, afin qu'elle dure
de longues années et que j'aie longtemps sous
les yeux le gentil souvenir offert par mon
Georges adoré.

Ici l'on voit partout des massifs de géra-
niums, des champs d'orangers et d'oliviers,
les chemins sont bordés de lauriers roses, de

rosiers ; on aperçoit des tonnelles couvertes de vignes grimpantes, puis une infinité de villas blanches au milieu de la verdure, au loin la mer avec le ciel qui s'y baigne à l'horizon.

Tout près de la villa, des oliviers encore et encore des villas et des pins pêle-mêle. C'est beau, il ne manque que toi.

Ta Zizette qui t'envoie ses plus ardents baisers.

. . . .

MON GEORGES,

En attendant ta réponse je vais t'écrire encore pour te dire combien je m'ennuie loin de toi, maintenant que la nouveauté des premiers jours est devenue chose banale et ordinaire.

C'est l'espoir de te revoir bientôt ici qui m'a donné le courage de te quitter, sans cette espérance je crois qu'il m'eût été impossible de m'arracher de tes bras.

L'ennui qui me brisait avant mon départ me gagne ici ; comme toujours je cherche à m'illusionner : je baise ma petite bourse que tu as touchée, quand ce n'est pas sur ta photographie que mes lèvres se posent... mais non, tu n'es pas là et c'est toi que je veux. Heureuse je suis encore quand des pensées jalouses ne viennent point me torturer !

Je n'ai pas pleuré depuis mon arrivée : tu peux croire pourtant que les larmes ne sont pas loin, et c'est à grand peine que je les refoule, que je les chasse par d'heureuses pensées, souvenirs de mon séjour auprès de toi.

Je ne pense pas qu'il y ait de bébé en route.

Je suis très heureuse de te voir me parler des étoiles, je les regarde tous les soirs : la grande Ourse, Cassiopée et les autres dont j'ai oublié le nom.

Le soir, à des heures différentes, je lève les yeux au ciel pour contempler *nos étoiles*, me demandant si tu songes à en faire autant. Les petites astérisques brillent, scintillent, éclairant doucement l'azur d'une lumière à la fois d'argent et d'or.

Hier soir, j'ai été toute triste à la pensée que tu pouvais avoir oublié ma proposition, et j'ai fermé ma fenêtre avec un gros soupir de regret, de tristesse, de lassitude.

Tu ne diras pas de nouveau que je n'ai pas le temps de t'écrire, méchant !

Je vais prendre une voiture pour me faire conduire à la gare et y porter cette lettre. A pied, avec la chaleur qu'il fait, sur cette route poudreuse et blanche je tomberais en chemin.

Je t'embrasse, mon Georges adoré, avec amour, avec passion, et inconsolable de n'être point dans tes bras.

Ta Zizette.

.   .   .   .

MON ADORÉ,

Tu m'étonnes en me disant que je ne t'aime pas. Je croyais, avec toi, avoir exclu de mon cœur cet égoïsme inné et plus ou moins accentué chez tout être ; je croyais, en un mot, ne vivre, ne penser que pour toi et pour toi, avoir fait l'abandon absolument de mon être à ta seule volonté. Il n'en est rien, paraît-il. A te dire vrai, je ne sais plus alors comment on s'abandonne. Je ne me crois pas capable de faire beaucoup plus que je n'ai fait déjà pour toi, avec qui je n'ai nulle volonté, et pas d'autres désirs que les tiens.

Je n'existe plus quand je suis avec toi, et j'ai bien peur, mon pauvre Georges — cela soit dit sans prétention — que tu ne rencontres jamais mieux. Je suis l'être le plus indomptable et le plus indépendant que l'on puisse rêver ; assurément, personne ne me reconnaîtrait auprès de toi. Avec cela je ne t'aime pas ! Pourquoi faut-il que l'on soit si malheureux sur la terre et surtout qu'on ne veuille pas du bonheur lorsqu'il se présente ! Au lieu d'être fier de mon amour exclusif, de l'abandon que je fais de ma vie, de mon avenir, tu vas chercher je ne sais quoi pour mettre des nuages dans un ciel qui voudrait être bleu... Enfin !!...

Il te faut donc d'autres preuvres que celles que je t'ai données déjà pour savoir si tu as mon âme ? Ce doute de ta part me fait mal, mon Georges, car je croyais être suffisamment ton esclave.

Ce soir je continue ma lettre. — J'ai beau faire des visites, aller dans le monde... la conversation me lasse, c'est toujours la même chose. Je retombe dans cet engourdissement d'esprit que j'ai ressenti déjà, et, sans ma correspondance, je crois bien que je dormirais le jour mieux que la nuit, car, la nuit, les moustiques me piquent : j'ai les bras et les joues couverts de morsures faisant *vilain effet.*

En t'écrivant, je vois, de ma fenêtre, des vagues énormes formant sur le rivage et à la pointe de Villefranche comme une épaisse parure bordée d'hermine.

Il fait du vent depuis deux jours et bien moins chaud qu'à mon arrivée, c'est-à-dire qu'il fait beau et bon, mais le plus beau ciel ne vaudra jamais le temps gris de Lyon que ta présence auprès de moi me faisait admirer davantage.

Hier soir, au retour de la promenade, accoudée à la fenêtre de la salle à manger, j'ai assisté à l'apparition des étoiles en rêvant de toi et faisant mille beaux projets. J'avais, dans l'après-midi, vu des bijoux si splendidement beaux que je m'en parais pour te plaire.

Les parures d'homme qui captivent mon attention, je te les offrais avec un plaisir sans pareil.

Oh ! que nous sommes heureux, parfois, mon Georges adoré, dans nos rêves insensés, et qu'il fait bon d'avoir ces illusions, hélas, de trop courte durée !

> Mille baisers de
> Ta Zizette.

.   .   .   .

MON GEORGES,

Je suis allée aujourd'hui en voiture sur le cours des Anglais, tu sais la promenade qui longe la mer, absolument comme la Corniche à Marseille. Sans un vent furieux qui soulevait des tourbillons de poussière je te dirais qu'il a fait beau, car le soleil nous a fait la gentillesse de ne pas se montrer de la journée. Le temps est frais, et je comprends sans peine qu'il doive faire froid à Lyon et à Paris d'où j'ai bien fait de me sauver... mais à cause de cela seulement !...

16*

Ce, soir bien seule et tranquille dans ma chambre, je me suis proposé de causer longuement avec toi, mais mon esprit vagabond ne m'en a pas donné le loisir. Accoudée à ma

fenêtre, j'ai d'abord admiré la campagne argentée par un superbe clair de lune, puis les lumières scintillantes de Nice, des villas semées çà et là et jusque dans les collines ont attiré mon attention. Le ciel rempli d'étoiles m'a fait rêver de toi. Je me suis vue riche avec toi, mon esprit s'est égaré dans des visions grandioses où jamais tu ne me quittais, tu me rendais bien heureuse et je pleurais d'attendrissement. J'ai versé de vraies larmes qui m'ont fait sortir de ma torpeur, de mon rêve.

Je ris maintenant en pensant à mon enfantillage, le froid m'a engourdi les membres et la lune a disparu derrière la villa, éclairant toujours les orangers et les citronniers, donnant un reflet gris sombre à la mer que je vois au loin se confondre avec le ciel aux étoiles brillantes me parlant de mon Georges adoré à qui je souhaite, en allant me coucher, une bonne nuit et de beaux rêves sans nuages.

10 heures du matin. — Le facteur est venu, point de lettre.

Il fait chaud. Un soleil aveuglant brille à l'horizon, je ne me sens que le courage de t'envoyer un long baiser de

Ta Zizette.

Mon Georges,

J'ai rêvé il y a deux nuits que tu devais arriver ; j'attendais à une station d'omnibus. Il venait successivement des voitures dans lesquelles tu n'étais jamais, finalement je me suis réveillée sans t'avoir vu et j'ai conclu de mon songe qu'il n'y aurait pas de lettre de toi pendant la journée. J'avais pensé juste.

Ce rêve m'est venu probablement de l'impression éprouvée la veille à la vue d'une femme habitant aux environs de la gare, que l'on connaît bien dans le quartier et qui est devenue folle à la mort de son mari. Elle a un enfant. Dans la journée, elle se promène comme une personne qui attend, puis elle va à la gare et dit aux personnes auxquelles il lui convient de parler : « Le train de trois heures n'est pas encore arrivé ? J'attends mon mari qui doit venir. »

La nuit dernière je t'ai bien vu dans mon

rêve, aussi, ce matin, rien ne m'aurait fait quitter la fenêtre par où je surveillais l'arrivée du facteur.

Que je m'ennuie! Ah! mon beau séjour à Lyon et à Paris, où es-tu? Que c'est donc triste de vivre de souvenirs quand j'ai soif de tes baisers et que je tremble de me voir oubliée, ne fut-ce qu'une minute!

J'allais t'écrire encore, croyant avoir le temps, mais on me fait appeler pour sortir. A la jetée, la mer doit bondir, car, de ma fenêtre je vois au large, sur l'immense étendue bleutée, des millions de moutons blancs.

Mille caresses de

Ta Zizette

.   .   .   .

Il aime me voir près de lui, lassée, sans force, voulant encore être à lui malgré ma lassitude. C'est alors, dit-il, qu'il m'adore, et qu'il voudrait « être peintre pour pouvoir rendre l'expression de désir qui est dans mes yeux *noirs* si doux et si tendres où des éclairs de passion, des regards d'amour brillent et passent comme des reflets de velours. »

Je ne sais trop pourquoi, mais je ne suis pas satisfaite : depuis que mes parents ont recommencé à recevoir, depuis que nous allons dans le monde, j'ai comme un vide dans le cœur. J'aime Georges, ce n'est pas assez. Il me semble que la femme, aussi bien que l'homme, a un rôle social à remplir, que je suis au-dessous de ma tâche, — comme d'ailleurs la plupart des gens que je fréquente.

Nous causons beaucoup, le plus souvent pour ne pas dire grand chose, nous perdons notre temps à des futilités, alors que nous devrions regarder autour de nous et chercher à faire des heureux.

L'autre jour, il avait bien raison l'abbé Didier lorsqu'il disait avec sa franchise habituelle des vérités un peu dures : « Mesdames, ne vous faites pas illusion, vous n'êtes point ce que vous devriez être, vous ne remplissez pas votre tâche ; il ne faut pas être chrétiennes qu'à la surface ; vous êtes des femmes du monde : ce nom dont vous devriez être fières n'est point celui qui vous convient. Le Dieu de charité et d'amour ne veut pas que la plus belle œuvre de ses mains ne soit pour l'homme qu'une parure coûteuse, qu'un bijou inutile. Employez tout le talent que vous dissipez à des vanités à vous faire aimer pour vos vertus, non seulement par vos maris, mais encore par les humbles.

« Il est des malheureux qui souffrent, apportez-leur un peu de vous-mêmes, de votre cœur, soulagez leurs misères autrement que par un méprisant abandon d'un infime lambeau de votre superflu, car ces pauvres sont vos frères ; au jour du jugement une voix s'élévera, terrible, pour flageller votre égoïsme, pour vous rappeler que votre devoir était de faire le bien, de sacrifier un peu de votre bonheur au lieu de ne songer qu'à vous. Vos dédains seront châtiés... »

Oui, les femmes du monde reçoivent fort bien ; mille protestations d'amitié viennent à l'appui de leurs gracieux sourires... et tout est dit... aussitôt disparu elles ne pensent plus à vous.

MON GEORGES CHÉRI,

J'ai un noir aujourd'hui que rien ne peut dissiper. Tu me manques absolument, tu me manques plus que jamais, et je me demande avec anxiété quand je te reverrai.

C'est en vain que je cherche à me distraire, soit dans la lecture, soit avec une occupation quelconque. J'ai envie de pleurer, voilà tout.

J'ai eu ta lettre hier et j'en ai été d'autant plus heureuse que je ne l'attendais pas si tôt. J'ai passé devant ton ancien appartement.

Quel regret de n'avoir pu m'y arrêter pour y récolter, y cueillir ces délicieux baisers qui me rendent si heureuse !

Tu sais, dans mon for intérieur, je suis toute contente de voir que tu ne t'amuses guère. C'est de l'égoïsme, ça, ou je ne m'y connais pas, mais si tu t'amusais, loin de moi, j'en pleurerais de rage et je ne me pardonnerais pas mon ennui loin de toi.

Au moment où je fouillais dans la boîte où sont tes lettres, un bébé de trois ans, le fils de mon amie, a vu ta photographie, vivement il l'a prise, puis, après l'avoir vue, il s'est écrié : « Oh ! maman, la jolie image ! » Nous la lui avons enlevée aussitôt en riant de sa réflexion.

Comme c'est moi qui suis le moins libre, tu devrais vite venir auprès de ta petite femme. Si je pouvais, moi, je n'irais pas te voir, je resterais continuellement avec toi. Je te voudrais à moi tout entier ; il serait si doux de

17

n'avoir pas le continuel souci de la séparation,
de vivre toujours seuls et libres.

Je t'envoie mon âme dans une longue caresse,

Ta Zizette.

Mon Georges,

Tu ne sais pas, mon Georges, ce que je voudrais... Oh! c'est... non... à quoi bon te causer
de mes rêves insensés?

Je voudrais avoir beaucoup, beaucoup
d'argent, être très riche. Je ne ferais pas comme
certaines personnes qui ne voient dans la richesse qu'une satisfaction accordée à la paresse, non, il me semble que je me rendrais
utile, que je ferais le bien, que j'emploierais
mon argent de façon à ne voir autour de moi
que des heureux et à gagner l'estime et l'affection de tous.

Mais celui que je rendrais heureux, par
dessus tout, ce serait mon aimé, mon mien,

mon Georges adoré ; pour toi, va, je ferais de grandes choses. Tu partagerais avec moi une félicité si douce que nous croirions vivre en un songe.

Nous aurions un palais pour abriter notre amour et cacher notre tendresse. Notre existence serait une ivresse divine et sans fin.

Je satisferais tous tes désirs ; je ferais triompher tous ceux qui se dévoueraient à ta cause... et à nous deux, avec de l'or, nous accomplirions de grandes réformes qui rendraient les hommes heureux malgré eux.

Je sais que dans ton âme germent des idées nobles et généreuses ; tu es plein d'amour, d'abnégation pour les faibles et les humbles.

Je me rappelle que souvent tu m'as parlé de la condition des femmes dans la société moderne ; j'ai senti qu'elles avaient tout ton cœur, et que volontiers tu ferais le sacrifice de tous tes instants pour leur accorder les droits qu'elles revendiquent si légitimement.

C'est presque perdre son temps que de faire des conférences pour relever la femme et la placer dans la vie civile au même rang que l'homme.

Ainsi tu me racontais que dernièrement un orateur parlait de supprimer la police des mœurs pour enrayer la prostitution. Quelle étrange idée!

Non, ce n'est pas avec des règlements qu'on arrive à accomplir des réformes sérieuses, c'est en prêchant d'exemple... c'est ce que disait un auteur latin que tu m'as fait lire... Sénèque, si j'ai bonne mémoire : *Longum iter per præcepta... breve per exempla.*

La prostitution, souvent, est amenée par la misère, souvent aussi par la paresse et la vanité.

Un peu de volonté de la part de l'homme et elle serait radicalement supprimée. Il n'y a qu'une chose qui l'entretient, une seule... l'argent.

Hommes qui voulez relever la dignité de la femme, ne faites pas de discours inutiles, ne redoutez pas le sentiment. Si vous avez un cœur, ne donnez pas d'argent... aimez.

Du jour où la femme comprendra que l'homme a assez de force de volonté pour ne satisfaire ses passions que dans l'amour réel, sincère, elle ne vendra plus ses caresses, et ce sera le règne de l'amour universel.

Les caractères s'adouciront ; on deviendra plus humain et les réformes sociales s'accompliront presque d'elles-mêmes, sans violence.

J'envisage peut-être la question en jeune fille ; mon expérience n'est probablement pas suffisante, mais, en bonne logique, il me semble que si tout le monde faisait comme nous, chacun serait heureux... Laissons de côté ces chimères et parlons un peu de nous.

L'autre jour avec mes parents je suis allée à la campagne, au bord de la mer. Les dépendances de la villa où nous nous trouvions sont très vastes ; nous avons dîné dans une sorte de pavillon, presque au haut d'une colline,

d'où l'on avait une vue magnifique. Nous avons pour ainsi dire gagné notre repas car il nous

à fallu monter pendant près d'une heure à tra-
vers des sentiers de chèvres, glissant parfois
dans les endroits escarpés ; on tournait sans
cesse autour de la colline au milieu des pins,
des bruyères roses et des ronces épineuses.

La mer, calme et unie comme un miroir,
était éblouissante sous les rayons ardents du
soleil. Çà et là, comme perdues dans l'immensité brillante, quelques barques de pêcheurs
semblaient presque immobiles, puis lorsque
le souffle de la brise invisible gonflait les voiles,
c'était, au ras de l'eau, comme les ailes de
grands oiseaux qui glissaient lentement sur un
océan de flammes blanches.

Le soir nous sommes revenus à la villa.
Pendant que l'on jouait je me suis esquivée
pour aller penser à toi au milieu des pins. Sur
la plage où vient mourir le flot l'air était doux
et portait à la rêverie. Un tiède zéphyr faisait
passer des frissons dans le feuillage frêle des
eucalyptus, et plus loin les arbres devenaient

noirs à mesure que l'ombre s'allongeait sur la campagne.

Dans la tranquillité de cette solitude, que j'aurais été heureuse de te sentir avec moi :

le calme des choses invitait à l'anéantissement des âmes en de mourantes étreintes.

On m'appelle : Je t'écrirai de nouveau demain. Je te donne tous mes baisers avec

Ta Zizette.

Je devrais m'occuper davantage de mon Journal intime, puis, quand il sera imprimé, je l'enverrai à Georges.

C'est curieux, tout de même, notre façon — je dis notre d'une manière générale — de comprendre la religion ; on va aux sermons de l'abbé Didier parce qu'il est à la mode dans les salons et parce que le bon ton exige qu'on l'ait entendu.

Les jours où il confesse, la plus élégante aristocratie est pressée d'aller à son tribunal pour lui étaler ses vices. *Ces dames* ne veulent pas d'autre juge de leur conduite... parce qu'il ne confesse que leurs égales, parce qu'il choisit ses heures, et qu'en allant auprès de lui on

est sûr de ne pas rencontrer des femmes de
chambre.

Moi, il y a quelque temps déjà je me suis
confessée à lui : je n'y suis pas retournée. Ne
me commandait-il pas d'abandonner Georges
ou de me marier avec lui !...

Et pourquoi ? Nous nous aimons : que nous
importent les préjugés du monde ? Le mariage
est une institution utile, je le reconnais, à cause
de l'hypocrisie ; mais, si l'on est sincère, à quoi
sert le mariage ?... une simple formalité. Tout
en étant un commandement de Dieu c'est une
convention des hommes.

J'ai dit cela et bien d'autres choses à l'abbé
Didier ; il n'a voulu voir en moi qu'une âme
égarée... et il m'a donné l'absolution.

Si je retournais me confesser, je ne voudrais
pas un juge plus sévère, car je ne crois pas
mal faire en aimant Georges et en me donnant
à lui. Si réellement je suis coupable Dieu me
pardonnera dans son infinie bonté... Il

sait que je suis sincère dans mon amour.

Mon amie Valentine, la femme du docteur,
m'a raconté que son directeur de conscience
ne la *met pas à son aise*. Il lui demande de
préciser... comme s'il ne comprenait pas, il y
éprouve un malin plaisir.

Le docteur ne va pas à la messe : Valentine a tout fait pour le convaincre : « J'ai
même, » a-t-elle dit à l'abbé Solanges, « con-
senti à lui accorder certaines faveurs qui sont
plus que de la tendresse. »

Il voulait des explications,... puis il lui a
défendu de faire *ces choses-là*.

Maintenant, ces... faveurs qui, tout d'abord
lui semblaient excessives... elle les... regrette,
car, en bonne catholique, elle ne peut pas comprendre qu'une fois mariée il y ait des plaisirs
défendus... et qu'on ne puisse pas... tout faire.

En effet, quoique les prêtres ne soient pas
de cet avis, n'est un bon mari que celui qui
est pour sa femme un amant.

Mon Georges,

La dernière fois je n'ai pu aller à la poste que le jour même que je t'ai écrit. Ta lettre étant recommandée, en une échappée je suis retournée à la maison pour prendre mes papiers et la retirer. A mon retour j'étais en nage, et pour qu'on ne s'en aperçût pas trop je suis allée me mouiller le visage tout comme font les enfants. Aussi je suis malade, j'ai mal à la tête, je n'y vois plus et j'ai été obligée de me coucher.

Mais auparavant, sûre de n'être pas suivie, je me suis rendue à la poste pour y prendre ta lettre. J'y réponds de suite comme tu le vois ; je ne voulais le faire que demain, mais comme je serai plus malade peut-être, je vais, avant de me coucher pour de bon, aller jusqu'à la gare. J'ai la tête en feu.

Reçois, mon Georges, les meilleures caresses de

Ta Zizette.

Georges,

Depuis ma dernière lettre je suis au lit et bien malade. Je n'ai pas la force de t'écrire plus longuement.

Un doux baiser,

Zette.

Mon Georges chéri,

C'est aujourd'hui le premier jour que je me lève et mes premières lignes sont pour toi. J'ai été bien malade, mon aimé, et je suis encore bien lasse, bien anéantie.

Je n'ai le courage, la force de rien, pas même de penser.

J'ai reçu tes jolis souvenirs ; je te remercie mille fois de ta délicate attention. Je pense que j'irai de mieux en mieux. J'ai

donné beaucoup de peine à mes parents et je
suis restée près de quinze jours sans connaissance, avec une pleurésie.

Je te quitte, ma main tremble et l'on peut
venir aussi. Je dois avoir des lettres de toi,
mais il m'est impossible d'aller les chercher.

Un doux baiser à mon aimé,

ZETTE.

MON GEORGES,

Je vis maintenant comme en un rêve. Il
me semble que la vie qui a failli me quitter
ces derniers jours ait hésité à revenir ; je renais
si lentement qu'il me reste encore comme une
empreinte de la Mort qui m'a touchée de si
près, annihilant mes forces, ma volonté, tout
en moi, pour ne me laisser qu'une sensation
de froid, de vide et de lassitude extrêmes.

Dis, Georges, j'éprouve un besoin immense
de voir, de sentir autour de moi beaucoup
d'affection. Il me semble que mon âme s'en

est allée et je voudrais la ressaisir. Je me
plais en des rêveries ou mieux des songeries
infinies.

De ma fenêtre ensoleillée je vois les arbres
verts, les fleurs ; j'entends les oiseaux, les
rossignols, chanter à plein gosier dans les
hautes branches des eucalyptus, et devant
cette belle nature que je revois comme ravie
mon cœur bat plus vite, ma tête s'alourdit,
mes yeux se ferment malgré moi, je suis
comme grisée dans une évocation de soleil et
d'azur, et une émotion indicible m'étreint
tout entière ; je sens de nouveau mon être
s'en aller loin, vers l'au-delà d'où je crois
voir presque en une perception affinée, très
vite conçue, la Mort, le froid et l'oubli.

L'oubli !... Comme il doit vite venir dans
les cœurs !... Je me vois déjà froide et glacée,
morte, et tu n'en aurais peut-être rien su.
Ou si, inquiet, tu avais fini par le savoir par
des moyens détournés, tu n'aurais pensé à

Zizette que quelques jours avec à peine peut-
être une pensée émue au souvenir de sa possession et de sa mort. Il paraît que pour les
hommes c'est la loi de nature.

Et pourtant si j'avais été oubliée si vite, il
me semble que mon cœur, qui s'était donné
jeune et chaud, aurait eu eu un battement suprême, l'intuition de ton indifférence, et qu'il
ne serait mort lui aussi que pour se reprendre.

. . . .

J'hésite à t'envoyer ces lignes écrites sous
l'influence d'un cerveau malade encore. Excuse-moi et considère que je ne pense presque plus... j'ai laissé aller ma plume au gré
de mon esprit faible et vagabond, sans bien
savoir ce que je te disais.

Je ne suis pas encore sortie ; ce sera, je
pense, pour un de ces jours.

Il me tarde de te lire ; je languis de pouvoir
aller à la poste.

Malgré mon chagrin je suis heureuse de

vivre encore. Ce doit être si triste de mourir
à vingt ans !...

Oh ! dis-moi beaucoup de jolies choses
pour chasser de mon esprit tout le noir dont
il est plein.

Ta ZIZETTE.

MON GEORGES,

Je me sens amoindrie et comme perdue
pour toi : la maladie m'a bien changée. Au
lieu de ta Zizette rieuse dont tu aimais voir la
poitrine se soulever d'aise quand tes baisers
entraient dans son cœur, tu ne retrouveras
plus que son ombre : maintenant je suis laide,
maigre. Je me suis vue ce matin dans la glace
et je me suis fait peur ; mon visage est osseux
et mes mains qui répondaient si tendrement à
tes étreintes sont émaciées et pâles ; elles ont
à peine la force de se supporter, et lorsque je
veux saisir un objet ou un livre, souvent je le

laisse retomber et mon désespoir augmente
ma lassitude.

J'ai vingt ans et je suis plus faible qu'un
enfant. Mes yeux creux, profonds, brillent
dans leurs orbites comme du feu dans une
tête de squelette.

Mon cœur se brise et je verse d'abondantes
larmes à la pensée qu'il me faudra peut-être
bientôt quitter, pour un exil éternel, cette

verdure si fraîche, ce beau soleil, le ciel bleu et l'azur sombre de la mer. La nature est plus parée, plus riante, et il me semble qu'elle se fait plus belle maintenant que je vais lui dire adieu pour la dernière fois. Ce sourire des choses avive l'amertume de mes regrets.

Anéantie par la douleur, avec le peu de souffle qui me reste je supplie et j'implore Dieu pour qu'il ait pitié de moi et qu'il commande à la Mort d'épargner ma jeunesse. Je voudrais tant savourer encore tes brûlantes caresses et revivre l'heureux temps d'autrefois !

Je rêvais de demeurer avec toi le prochain hiver ; nous aurions passé ensemble de longues heures, tout entiers à la joie de vivre et de nous aimer.

Dans la tiède douceur de l'air, sous les orangers luisants, un caressant zéphyr aurait emporté jusqu'aux étoiles d'or les notes délicieusement plaintives de mon violon qui l'au-

rait bercé comme la musique des anges en

un râle d'amour où l'on s'oublie tout entier.

L'été nous aurions fui le soleil éclatant de
Nice, et tu m'aurais emmenée avec toi, près
de la Suisse, dans ce petit château que tu m'as
dessiné. Nous aurions fait de longues prome-
nades dans la solitude des bois, et la nuit, à
la blanche clarté de la lune, sur le petit lac
immobile qui reflète dans ses eaux les grands
arbres noirs, lentement penché sur tes avi-
rons, froissant la moire liquide où les souffles
amollis du soir font passer des rides argentées, tu m'aurais écoutée : mon violon,
devant le recueillement de la nature, aurait
pleuré tout l'amour de mon âme pendant que
je t'aurais chanté quelqu'une de ces mélodies
provençales qui sont si douces à ton cœur.

Le médecin qui me soigne a dit que cet
hiver il faudrait m'envoyer en Algérie ou dans
un pays aussi chaud pour achever de rétablir
ma santé.

Oh ! avec le soleil, si je t'avais auprès de

moi, même ici je serais bien vite guérie.

Viens, mon Georges, viens auprès de ta petite femme si tu veux qu'elle renaisse à l'espérance et qu'elle soit pour toi pleine de passion et d'amour.

Elle t'aime bien, va,

Ta ZIZETTE.

Ce matin un large brouillard flottait sur la mer et s'étendait à l'infini. Le ciel et l'eau étaient comme fondus en une brume grisâtre qui limitait l'horizon.

Toute la nuit j'avais eu des cauchemars : j'ai voulu assister au réveil de la nature. Je me suis approchée de la fenêtre dont les vitres brillaient encore, éclairées par les derniers rayons de la lune. Une ouate blanche planait au ras du sol, surtout dans les creux, noyant tout d'une ombre indécise, et les points élevés faisaient comme des déchirures sombres, des trous dans cette fine vapeur exhalée de la terre.

A l'est, depuis les Alpes, une teinte d'un gris noir s'avançait lentement sur l'Esterel, puis, peu à peu, ce gris devenait moins sombre, se changeait en violet qui montait dans le ciel.

Sur l'horizon une longue bande ocreuse s'atténuait, s'éclaircissait doucement, pendant que disparaissaient les dernières étoiles : c'était comme les lueurs rougeâtres d'un lointain incendie. Le violet avait grandi et s'était nuancé de lilas et de rose ; les découpures arrondies des collines se profilaient nettement et la verdure apparaissait semée partout de la blanche poussière de la rosée.

En quelques minutes le ciel était devenu bleu, et un brillant soleil d'or se levait, chassant devant ses feux, rapidement, le brouillard pour dégager l'azur de la mer.

Dans mon fauteuil j'étais glacée, mais j'étais heureuse d'avoir vu le matin d'un beau jour qui sera peut-être sans lendemain... je

suis si faible... si j'allais mourir !... Et quand,
sous la terre, je dormirai de mon dernier
sommeil, sur ma tombe Georges viendra-t-il
pleurer et m'apporter des fleurs ?...

J'envoie à son ami ces dernières pages de
mon Journal intime ; Jeanne les portera à la
poste en même temps que ma lettre d'hier.

Si Georges me voyait !.. Tant souffrir pour
mourir si vite... Quelques heures délicieuses
sont expiées, payées par des tourments con-
tinuels.   .   .   .   .

.   .   .   .

.   .   .   .

.   .   .   .

Mon Georges,

Je suis mieux depuis quelques jours ; je
suis seule un instant, j'en profite pour causer
avec toi. Tu ne regarderas pas ma vilaine
écriture, car il fait à peine jour, et je t'écris

18

au crayon dans ma chambrette de novice,
avant le lever des religieuses.

Pendant ma maladie j'ai longuement ré-
fléchi et j'ai pris une décision irrévocable...
Tu en éprouveras quelques mois un grand
chagrin et après... tu oublieras... Le temps
efface tout.

J'ai résolu d'entrer au couvent. Le monde
est imbu de préjugés, mais, à cause de ces
préjugés mêmes, je sacrifie à ton bonheur
mon amour pour toi. Ne cherche pas à savoir
où je suis ; je te ferai parvenir cette lettre en
l'envoyant à Paris à une de mes amies.

Je sens, et tu le comprendras comme moi,
que je suis un obstacle à ton avenir. Si je te
le demandais, tu m'épouserais sans hésiter, je
le sais... tu es un homme de cœur, mais jamais, entends-tu, jamais je n'y consentirai : j'ai
été ta maîtresse, je ne peux pas être ta femme.

Parmi mes amies tu trouveras la jeune fille
pure que j'étais autrefois (surtout celle que

je t'ai fait connaître) épouse-la, tu seras heureux, et, plus tard, j'aimerai tes enfants comme s'ils étaient à moi. J'élèverai tes filles selon la loi de Dieu, je prendrai soin de leur âme et je te les rendrai comme j'aurais toujours dû rester pour être digne de devenir ta femme.

Je ne cesserai jamais de t'aimer, mais mon amour deviendra une affection pure. Je prierai Dieu pour qu'il te comble de ses bénédictions et qu'il t'accorde le bonheur que j'aurais voulu partager avec toi.

Je termine en t'adressant mon dernier baiser d'amour et en te rappelant ces paroles de Mahomet, paroles qui sont empreintes du christianisme le plus pur : « Le paradis est aux pieds des mères. »

J'ajoute :

Les mères doivent être des femmes honnêtes.

A toi malgré tout,

ROSE.

Télégramme. De Mlle Jeanne F..., sœur de Rose.
Rose morte. Vous a demandé.

JEANNE.

MONSIEUR,

Ma pauvre chère Rose est morte il y a trois jours.

Je pleure trop pour vous en écrire davantage ; pardonnez à mes larmes ma trop courte lettre et croyez-moi, dans notre commune douleur,

Votre bien dévouée,

JEANNE F...

.   .   .   .

MONSIEUR,

Je souffre, oh ! je souffre... je pense trop à ma sœur adorée. Son âme !... Où est son âme !... Car il faut bien croire à une âme, puisque, quelques jours avant sa mort, elle nous en a tant parlé.

Elle avait toute sa connaissance. Lorsqu'elle nous eut tous autour de son lit ; ses grands yeux brillants fixés sur moi, elle me dit : « Mon coffret ?... Donne... merci... » puis me le tendant . « Promets-moi de tout brûler sans lire... dis ? » — « Oui, ma Rose » et je ne pus rien ajouter tant les sanglots m'étouffaient. —« J'ai confiance en toi... merci. » Et ses petites mains serraient fiévreusement les nôtres.

Oh ! comme je mordais mes lèvres pour ne pas pleurer devant elle, surtout en l'entendant nous dire d'une voix étrange et forte : « A quoi faut-il croire ?... à Dieu ?... mais la vie !... qu'est-ce que la vie ?.. Et la mort ?... C'est le néant, néant de tout ce qui est beau. Le corps pourrit : mais la pensée !... l'intelligence !...

« Je croyais mal en Dieu, autrefois ! Mais il y a un Dieu, oui ! oui ! il y a un Dieu ! Je le sens. Mon âme, toutes mes pensées seront avec lui, toujours, partout. Je meurs, oui, je

18*

meurs, je suis trop malade ; c'est bientôt la
fin... Je vous dis que je mourrai !...

« Adieu !... Je vous aime et je vous bénis !...
Oh ! que je vais être heureuse dans le ciel !
C'est beau les anges... adieu !... adieu !...
adieu ! »

Telles furent ses paroles. Chacune d'elles
entrait dans mon cœur, profondément, à tel
point que je crois les entendre toujours. Il
me semble la voir en écrivant cela, tant son
regard de feu m'a fascinée...

Morte !... Elle ?... Son corps est mort,
mais sa pensée, son âme ne peuvent pas
mourir... dites, Monsieur Georges, ce doute
affolant me tue.

J'adorais ma sœur : elle était si bonne, si
pure. Je crois toujours avoir sur mes lèvres
le contact glacé de son front. Pendant une
heure je suis restée près d'elle, à lui parler
comme si elle devait m'entendre encore.

Je l'ai embrassée beaucoup... je l'ai fait

pour vous, pour maman, pour tous. J'étais à bout de forces ; je me sentais invinciblement attirée dans cette froide couche. Ce sommeil éternel de la mort vous désespère : toujours la rigide immobilité, le même regard trouble sous les paupières mi-closes... le visage ex-sangue, sans expression aucune... c'est ter-rible.

Pendant sa maladie, à son retour du cou-vent, d'où nous l'avions retirée à cause de la gravité de son état, nous étions si bouleversés que nous n'avons pas songé à vous écrire qu'elle était plus mal. Nous ne nous atten-dions pas à un dénouement pareil ; à chaque instant nous reprenions espoir.

Un jour elle était bien ; le lendemain c'étaient des crises atroces ; il fallait plusieurs gardes pour la maintenir. Comme une folle elle sautait de son lit et sa voix était déchi-rante... des cris rauques, affreux, et, malgré tout, sa connaissance.

Etaient-ce clameurs inconscientes arra-
chées par la douleur physique... cris d'effroi
devant l'au-delà ou peut-être d'adieu suprême
et désespéré à la vie et à l'amour?...

Oh! que j'ai souffert! J'ai été pendant deux
nuits malade : une forte fièvre, le cerveau
vide, n'ayant même pas l'idée de prendre la
moindre nourriture.

Au dernier degré de la prostration morale
et physique, nous envoyâmes chercher Ma-
dame *** qui fut sublime d'énergie, de dé-
vouement, pendant deux nuits complètes, deux
nuits d'éternité.

C'est elle qui l'a assistée dans son agonie.

Maman, folle de douleur, était retenue par
plusieurs personnes dans la chambre voisine;
à chaque instant elle ne cessait de répéter avec
hébétude : « Ma Rose est bien malade et je
veux mourir. »

J'avais une peur terrible qu'elle ne perdît
la raison ; Dieu la lui a laissée ; je l'en re-

mercie, mais elle est comme écrasée. Aussi,
lorsque l'autre jour elle a lu votre lettre lui
disant qu'en venant vous auriez peut-être
guéri sa fille, elle a eu une nouvelle secousse.
Une mère pleure à sa manière, une sœur
d'une autre et vous d'une autre. Chacun de
nous croit souffrir le plus.

Elle est morte emportée par une fièvre cé-
rébrale. Le docteur a dit : « En notre siècle
de sensualité, cette jeune fille a trop pensé et
trop senti avec son cœur. » . . . . . .

. . . .

. . . .

ST-AMAND (CHER). — IMPRIMERIE BUSSIÈRE FRÈRES